KB132292

아버지의 마음을 아는 사람은
결코 포기하지 않는다

아버지의 마음을 아는 사람은 결코 포기하지 않는다

전경일 지음

아버지의 마음을 아는 사람은 결코 포기하지 않는다

초판 1쇄 인쇄 2009년 5월 14일　초판 1쇄 발행 2009년 5월 22일

지은이 | 전경일　펴낸이 | 신민식

교육분사장 | 이채우
책임편집 | 김연숙, 이선지
교육분사 | 김현종, 권성연, 우규휘
마케팅팀 | 권대관　마케팅 1팀 | 곽철식, 이귀애, 이재원
제작 | 이재승, 송현주

펴낸곳 | (주)위즈덤하우스　출판등록 | 2000년 5월 23일 제13-1071호
주소 | 서울시 마포구 도화동 22번지 창강빌딩 15층
전화 | (02)704-3861　팩스 | (02)704-3891
전자우편 | edu@wisdomhouse.co.kr
홈페이지 | www.wisdomhouse.co.kr
출력 | 엔터　종이 | 화인페이퍼　인쇄 | 영신사　제본 | 영신사

ISBN 978-89-5913-377-2 (03800)

국립중앙도서관 출판도서목록(CIP)

아버지의 마음을 아는 사람은 결코 포기하지 않는다 / 전경일 지음.
--서울 : 위즈덤하우스, 2009
p.;　cm

ISBN 978-89-5913-377-2-03800 : ₩10000

인생훈[人生訓]

199.1-KDC4
179.7-DDC21　CIP2009001391

우리들의 아버지

우리들의 아버지는 끝까지 우리를 지켜보는 사람입니다.
세상 모든 사람이 외면할지라도,
모든 사람이 고개를 돌려 성공한 사람을 바라보고 있을 때도,
우리의 아버지들은 우리를 바라보고 있습니다.
그 아버지의 마음을 아는 사람은 결코 인생을 포기하지 않습니다.
아버지의 눈길을 생각하면서 다시 일어설 힘을 얻습니다.

... 『우리에게 가장 소중한 것은』(김홍식) 중에서

시작하는 글

• • • •

삶이 각박할수록, 추운 겨울일수록 함께 나누는 체온만큼 믿음직스러운 게 어디 있으랴!

누구보다 열심히 살았으나 삶에서 밀려난 느낌이 들 때 우리는 좌절하곤 하지만, 따뜻한 온돌방처럼 나를 지켜주는 기억 하나만 있어도 충분히 이겨낼 수 있다.

무서운 꿈을 꾸고 났을 때, 나는 아버지 품속으로 파고들었고, 당신은 잠결에서도 나를 어르며 받아주셨다. 아버지의 무릎에 앉아 응석을 부리며 밥을 먹던 일, 아버지의 팔베개를 벤 채 아스라이 잠 속으로 빠져들던 일, 아버지의 등에 업혀 군청 뒤 군인 극장에 갔다 오던 기억. 어렸을 때의 어떤 기억은 시간이 갈수록 또렷해지곤 한다. 늘 그늘지

• • • •

고, 주름지고, 힘겹고, 지친 일상에서도 어렸을 때의 어떤 기억은 시간이 갈수록 또렷해지곤 한다. 고개를 돌리기만 하면 아름답고, 포근하게 감싸주는 기억들 때문에 행복해지는 내가 있다.

말없이 소주잔을 내미시던 아버지의 얼굴은 내가 다시 일어설 수 있는 이유다. 아버지와의 기억은 손끝에 묻어나는 지문처럼 고통의 시간마다 나를 쫓아다니며 포기하지 않도록 추슬러준다.

더는 미래를 바라보기에 낙관적이지만은 않은 나이, 나는 참새를 쫓기 위해 속이 타들어 가는 농부의 심정으로 인생의 절반을 살아왔다. 내가 살아온 길, 앞으로 살아가야 할 길…… 앞으로도 일상은 만만치

• • • •

않을 것임을 잘 알고 있다. 봄이 왔는데도 추운 겨울의 바람을 느끼고 있는 나와 같이 힘든 동시대를 살아가는 사람들에게 삶을 훈훈하게 하는 따뜻함을 한 움큼 전해주고 싶어서 이 책을 쓰기 시작했다.

회사를 그만둔 날 나를 잡아주던 아내의 손, 아빠 사랑해요, 라고 안아주던 딸아이의 팔……. 이 책을 온돌방의 아랫목 같이 따뜻한 기억들과 희망을 줄 수 있는 이야기들로 가득 채웠다. 따뜻한 추억이 담긴 이야기들은 고통을 이겨낼 수 있는 치료약이 되고, 힘든 현실에는 내성을 갖게 해줄 것이다. 때로는 덜 익은 과일처럼 환영받지 못하는 현실에 고민하는 40대 가장의 내 모습도 솔직하게 고백했다.

이 책을 읽는 독자들이 희망의 주인공이 되기를 바라는 마음에서다. 이 책이 나와 비슷한 환경에 놓여 있는 많은 사람들에게 작은 용기를 줄 수 있다면 나의 도전은 성공적일 것이다.

인생에서 새로운 도전을 맞아들이기로 결정 내렸을 때, 나는 "이번에는 멋진 도전이 기다리고 있을 거야! 어차피 죽을 때까지 하면 안 될 게 없지 뭐." 하고는 도전 앞에 글로브를 끼고 나가 먼저 달갑게 그 싸움을 받아들였다. 그러자 앞으로의 인생이 흥미진진하다는 생각마저 들었다. 인생에서 고민이 사라지게 하지는 못 하지만, 살아갈 수 있는 희망을 주는 이야기들을 지금부터 나누도록 하겠다.

전경일

차 례

2 아버지의 마음

차 례

3 아버지가 되던 첫마음을 기억하라

4 내 인생 후반전에는

1

대한민국에서 아버지로 산다는 것

나 는
열심히 살았는데

"요즘, 힘드시죠?"

최근에 라디오를 틀면 진행자들이 빠뜨리지 않고 묻는 단골 멘트가 '힘드시죠?' 이다. 가만히 들어보면 끝에는 '그래도 희망을 가지세요' 라고 말하곤 한다.

IMF 세대를 벗어나기 위해 전력 질주 하듯이 살아왔는데 또다시 슈퍼맨이 돼야 하는 현실 앞에 돈벌이의 어려움과 세상살이의 만만찮음을 다시 한 번 깨닫게 된다. 세상에 쉽게 얻어지는 게 없다는 것을 뼈저리게 느낀다.

대한민국 아버지들은 아침에 서류봉투나 가방만 들고 출근하는 것이 아니다. 한손에는 불안을, 다른 한손에는 희망을 들고 세상을 살아간다. 월급봉투를 받은 날은 희망과 자신감으로 손이 묵직해지고, 구조조정이 된다는 소문이 도는 날은 불안으로 어깨가 무거워진다.

어떤 날은 바쁜 아침에 가족과 인사조차 못하고 집을 나온다. 눈 비비고 일어난 아이들에게 손을 흔들어주지도 못한 채, 아파트 바닥에 구두굽을 부딪치며 급히 뛰어 내려가거나, 젖은 머리를 휘날리며 버스나 지하철에 올라타곤 한다.

'몇 억은 있어야 노후가 든든하다는데 당장 애들 학원비 내고 나면…….'

추운 바람을 피해 담배 한 대를 몰래 피워 물 때쯤 한숨처럼 내뱉는 말이다. 대한민국 가장들의 출근하는 뒷모습이 서글픈 이유다. 한겨울 온통 칼바람 매섭고, 살얼음이 낀 날 운전하는 것과도 비슷한 심정으로 아버지들은 하루를 시작한다. 그리고 물동이 지게를 진 지게장수처럼 한쪽에는 행복을, 한쪽에는 절망을 지고 삐거덕 삐거덕, 휘청거리며 조심스럽게 세상을 향해 뚜벅뚜벅 걸어간다.

하지만 대한민국 아버지들의 아침이 결코 힘겹기만 한 것은 아니다. 집에 가면 총알처럼 뛰쳐나와 대롱대롱 매달리는 아이들. '아빠' 하고 부르는 아이의 첫마디가 절망 쪽으로 휘는 몸을 붙잡아서 행복 쪽으로 돌려준다. 파김치가 되어서 집으로 돌아와도 와락 달려드는 아이들이 있다면, 삶에 다시 축포가 터진다.

행복을 느끼는 건 너무나 가까운 데 있다. 아빠를 꼭 껴안는 아이의 가느다란 팔, 귓가에 울리는 아이의 웃음소리, 아내의 고맙다는 말 한 마디에 행복은 꽁꽁 숨어 있다.

꽁꽁 얼어붙은 얼음장에도 숨구멍이 있다.

아무리 추워도 강물 전체가 어는 건 아니다.

인생의 어느 막다른 골목길에도 숨구멍 같은 희망의 길은 있다.

멀리 가는 힘

오래 전 국립중앙도서관에서 여름을 난 적이 있다.

2002년 월드컵이 한창이던 시절 사람들은 축구에 대해 즐겁게 수다를 떨고 있던 무렵, 나는 경제적으로 벼랑 끝에 몰려 있었다. 다른 사람과 동업으로 하던 일에서 손을 떼고 난 후, 의도한 바는 아니었지만 휴가 아닌 휴가를 보내고 있었다. 그러나 취직쯤이야 하고 대수롭지 않게 여기며 시작한 백수생활이 막상 생각보다 길어지자 덜컥 두려움이 앞섰다. 결국 한동안 아내가 혼자 벌어서 살림을 도맡아야 했다.

부끄러운 이야기지만 사업이 잘 안 풀리고 실직을 하게 되니 현실과 세상에 화만 나서, 아내에게 공연히 부부싸움을 걸곤 했다. 다 내가 부족한 탓이었음에도.

어쩌다 아내가 잔소리를 하면 버럭 짜증을 냈다. 나보다 더 많이 힘들어했을 아내에게 말이다. 돌이켜 보면 그것은 경제적인 문제에 대한 책임감, 가장으로서의 역할을 다하지 못하는 내 자신에게 부리는 짜증이었다. 불안한 미래, 새로운 출구를 찾아야 하는 갈급함, 갈 곳 없는 현실을 느낄 때마다 우울했다.

실업기간이 길어지자 나는 도서관으로 달려가 쓰린 마음을 달래고자 닥치는 대로 책을 읽었다. 역사, 경영, 천문, 지리, 생물, 문학, 백과사전, 나중에는 잡지까지 닥치는 대로 읽으며 마음을 달랬다. 그러다 어느 잡지에서 문득 눈에 띄는 칼럼 하나를 발견했다.

"그대가 지금 서 있는 초라하고 비참하며 옭매이는 현재가 당신의 이상이다. 그러니 거기서부터 시작하라. 노력하고, 믿고, 살고, 자유로워져라. 바보 같은 자여! 이상은 그대 안에 있다. 장애물도 그대 안에 있다. 그대의 환경은 그 이상으로 만드는 것이다. 영웅의 환경이 만들어질 수도 있고, 시인의 환경이 만들어질 수도 있다. 오, 현실에 갇혀서 갈망하는 자도, 통치할 왕국을 달라고 하는 자도, 신에게 통곡하는 자도 모두 이 진리를 알 것이다. 그대가 갈구하는 것은 이미 그대 안에 있다는 사실을. '바로 여기' 가 그대가 볼 수 있는 유일한 곳이다."

살다보면 인생에서 견디기 힘든 순간에 직면하게 될 때가 있다. 승진에서 미끄러지고, 실직을 하며, 삶이 송두리째 뽑혀 나가는 경험을 하기도 한다. 하지만 그런 쓰라린 경험을 통해 넘어져 보고서야 깨닫게 되는 진실들이 있다. 인생의 쓰린 경험을 겪지 않고서는 성공할 수 없다는 사실을 겸허하게 인정하게 된다.

"한 번도 넘어지지 않고 정상까지 간 사람은 아무도 없다."

우리는 가장 바닥을 칠 때가 가장 큰 재산이 되었다는 것을 시간이 지나고서야 알게 된다. 유난히 힘들고 어렵게 느껴지는 시련일지라도 시련은 지나가게 마련이다.

겨우 자리를 잡은 회사에서 다시 짐을 싸야 했던 올해 초 나는 세상살이의 만만찮음을 또 한 번 절감했다. 나이 들어 겪는 실직의 아픔, 기억하기 싫은 백수 시절의 어려움, 제2의 인생을 준비해야 한다는 두려움에 사로잡혔던 것 같다. 그러나 이제는 그때의 경험이 다음에 올

시련을 이겨낼 수 있는 면역주사를 받는 것과 같음을 알게 되었다. 모든 일에 시작이 있으면 끝도 있는 법이다. 그 시련의 끝에는 언제나 새로운 길이 놓여 있다.

고통이 닥치면 원망하고 싶어진다.

화풀이도 하고 싶어진다.

하지만 원망으로는 현실을 바꾸지 못하는 것이니.

100점짜리 아빠

"내 명의로 된 집문서를 받았을 때는 정말 좋았지."

대한민국 가장이라면 누구나 꿈꾸는 '내 집 마련'을 이룬 후 거하게 한턱을 냈던 친구가 요즘 다달이 이자만 백 오십 만원씩 급여통장에서 빠져 나가는 것을 보면 죽을 맛이라며 소주잔을 들이켰다. 주택담보 대출을 받아 집을 살 때와 달리 부동산 하락 때문에 지금은 대출금보다 오히려 집값이 하락했다는 것이다. 집을 내놨는데 구경하러 오는 사람 하나 없다고. '뭐 어떻게 되겠지' 라며 친구는 말을 흐렸지만 걱정이 가득한 표정이었다.

외환위기 때 그와 나는 삼십대 중반이었다. 그때만 해도 겁날 게 없었고, 다시 시작해도 될 것 같은 희망이란 게 있었다. 저 멀리 희미하나마 불빛이 보였고, 무엇보다도 젊음이 있었기에 어떤 상황이든 긍정적으로 바라볼 여지가 있었다. 그러나 마흔이 넘고 보니 이제는 그것이 말처럼 쉽지만은 않음을 알게 되었다. 친구와 나는 대한민국에서 가장으로 살면서 나잇살 말고도 늘어난 것들이 많다며 서로의 애환을 토로했다.

첫째, 대한민국 가장은 겁이 많아진다. 월급은 줄고, 회사에 부는 감원 열풍에 덜컥 겁부터 먹는다.

둘째, 두려움이 늘어난다. 내일 할 일로 가슴은 사정없이 뛰는데, 정작 날이 밝으면 갈 데가 없어질까봐 밤새 두려워한다.

셋째, 질문이 많아진다. '내가 왜 이렇게 되었지?', '내가 뭘 잘못했지?' 하고 혼자 고민에 빠진다.

넷째, 비밀이 많아진다. 벌써 쉰이 다가오는 나이는 남들에게 감추고만 싶어진다.

다섯째, 줄이는 일에 익숙해진다. 회사가 잘 안 될 때는 '조금만 더' 하며 허리띠를 졸라매고, 집안 생활비를 위해 자신의 용돈을 가장 먼저 줄인다.

술잔을 기울이며 밥벌이의 덧없음을 한탄하던 바로 그때, 친구의 전화벨이 울렸다.

"아빤데. 어. 그래? 축하해. 금방 갈게."

무슨 일이냐는 나의 물음에 친구가 대답한다.

"애가 학교에서 백점 맞았데."

"오! 정말? 오늘 빨리 들어가서 축하해줘야겠네."

"사실은……. 반 애들 다 백점이래. 그래도 기분은 좋지, 뭐. 아빠는 맨날 낙제 점수인데, 아들은 백점 받아 오니까."

버스를 기다리며 친구와 나는 그렇게 한참을 웃었다. 버스에 올라탄 친구는 고개를 푹 숙이고 있었지만, 그게 취기 때문만은 아니라는 걸 나는 안다. 집에 가는 길에 그에게 문자를 보냈다.

"기운내자. 백점짜리 아빠."

아버지의 눈에는 눈물이 보이지 않으나
아버지가 마시는 술에는 항상
보이지 않는 눈물이 절반이다.

… 김현승 시인의 「아버지의 마음」 중에서

아버지의 마음을 아는 사람은 결코 포기하지 않는다

바닷가 마을에 어부 아버지와 세 아들이 함께 살고 있었다. 아버지는 자신의 뒤를 이을 후계자를 뽑기 위해 시험을 하나 냈다. 그는 세 아들에게 배 한 척씩을 주면서 멀리 바다로 나가 당신이 숨겨 둔 어떤 보물을 찾아오라고 했다. 세 아들은 배를 타고 나갔다가 한 달 만에야 돌아왔다.

첫째 아들이 말했다.

"아버지, 바다엔 아무것도 없어요. 오직 물밖에 없던데요. 아버지가 숨겨둔 보물이 있을 만한 곳은 한 군데도 없었어요. 대체 어디다 숨겨두신 거죠?"

이어 둘째 아들이 말했다. "바다엔 무인도가 있더군요. 야자수가 한 그루 있는 근사한 섬이었어요. 혹시 사람도 살 수 없는 그곳을 말씀하시는 건가요?"

마지막으로 셋째 아들이 말했다. "바다엔 갈매기 떼가 있었습니다. 저는 갈매기가 모여드는 바다 밑에 물고기 떼가 있다는 것을 알았습니다. 거기서 저는 만선의 꿈을 보았어요."

어부인 아버지는 셋째 아들에게 다가가 "네가 이제부터 내 뒤를 이을 후계자이다."라고 말해주었다.

아버지가 되면 반드시 하게 되는 것들이 있다. 아이에게 올바르게 인생을 사는 법을 알려주기 위해 고군분투하는 것이다. 위인전이나 이야기책에 나오는 멋진 사람들의 이야기를 들려주면서, 아이에게 세상을 살아가는 지혜를 가르치기도 한다.

때로는 아이들에게 나는 어떤 아버지로 비춰질까, 하는 문제로 고민하기도 한다. 잘 나가는 사람들처럼 멋지게 보이기를 희망하지만, 변변치 않은 아버지처럼 보일까 속으로 노심초사하기도 한다.

아이들이 초등학교에 입학하기 전까지 나의 직장생활은 꽤나 다이나믹했다. 국내 최고의 포털 사이트에서 꽤 높은 직책에 있다가 돌연 동업으로 사업을 하기도 했었고, 그 사업이 잘 안 돼 재취업을 하기 까지 도서관에서 백수로 지내기도 했다. 도서관에서 발견한 이야기를 아이에게 읽어주면서 그때 나는 수많은 고민을 했다.

뭐 하나 정해진 것도, 뚜렷한 것도 없었지만 아이들 때문에 몸을 열심히 움직이게 되고, 그러는 동안 희망이 뚜렷이 실체화되어 나타나곤 했다. 다시 국내 대기업에 취업할 수 있기까지에는 아이들이 있었다. 아이들 생각만 하면 없던 용기도 생기는 게 아버지임을 새삼 느끼게 된다.

아플 때, 실직했을 때, 눈물이 핑 돌 때……

한 사람만 옆에 있어주면 된다.

사는 게 힘들어도, 삶이 때로 나를 내쳐도,

나를 꽉 껴안아줄…… 가족만 있으면 된다.

처음은 언제나 아름답다

"앞으로 가거라. 아빠는 뒤에서 지켜 볼 테니. 친구들이 될 아이들이다. 힘껏 내딛으렴."

딸아이의 손을 잡고 초등학교 입학식에 가던 날, 나는 내 손 안에 든 딸아이의 작은 손을 빼내어 종이배를 바다에 띄우듯 앞으로 내보냈다. 머뭇거리던 아이가 또래 친구들을 향해 뛰어갈 때, 나는 아이 인생의 첫 항해가 순조로울 것임을 알았다.

첫 입학, 첫 걸음, 첫 웃음 등 아이의 '처음'과 늘 함께 하며 나는 아버지로서 긴장과 흥분을 느낀다. 인생을 알 만한 나이가 되고 어느새 나를 둘러싼 환경에 익숙해져 '더 이상 새로울 건 없지!' 하며 제 풀에 권태로워지는 순간이 있다. 그러다 이처럼 인생의 골목골목에서 처음의 순간을 대면할 때는 불현듯 일상에서 잊고 있었던 지난날의 벅차고 떨린 순간들이 뻥튀기 튀밥처럼 후다닥 튀어 나온다.

대학에 들어갔을 때 젊음이 뿜어대는 열기로 온몸에 짜릿한 전류가 흐르는 시절을 지나, 처음 어설프게 연애를 시작하던 때의 두근거림, 서투르고 의욕만 넘쳤던 신입사원 시절. 어디 그뿐인가. 군기가 바짝 들었던 이등병 시절의 사진을 들여다볼 때나, 결혼 전 아내와 단 둘이 찍은 사진을 들여다볼 때, 또 첫 아이를 안고 찍은 사진을 들여다볼 때마다, 나는 인생에서 처음으로 맞이하는 풍경이 나를 얼마나 바꾸어 놓았는지 깨닫게 된다.

살다 보면 늘 비슷한 일상이 반복되는 것 같은 느낌이 들곤 한다. 그러다 가끔씩 '처음'과 마주하게 되고 새롭게 인생이 다가오는 순간이 있다. 첫 데이트, 입사 첫날, 실직 후 첫날 등 삶의 갈피갈피에서 '처음'을 맞이했던 순간들을 되돌아보면 삶은 두렵기도 하지만, 또 한편으로 흥분되고 그 감정들이 나를 늙지 않게 한다.

적잖은 파도를 겪어 본 나이지만 세상의 파고가 높게 철렁일 때면, 두려움부터 인다. 각박한 현실에 뛰어들어 어디든 뚫고 들어가야 하고, 누군가와 경쟁해야 하는 사회에서 첫 발을 내딛는 건 갑자기 세상 앞에 벌거숭이로 내던져진 느낌이 들기 때문이다. 하지만 누구에게나 처음은 늘 벅차고, 떨리고, 두려운 법이다. 여기까지 용케 파도에 익사하지 않고 우리가 버틸 수 있었던 힘은 바로 그 설렘과 기대 때문이다. 처음으로 내디뎠던 발걸음을 잊지 않는 한, 삶에 몰아치는 그 어떤 파도도 우리는 이겨내지 않을까.

다시
처음부터
시작해야 된다는 두려움,

처음이라는 어려움만 극복하면 그 다음은 쉬워지리라.

발 밑에 떨어진 행운 줍기

"이거 낙심이 크시겠어요. 벼가 다 쓰러졌네요."

한 방송 캐스터가 태풍이 휩고 지나간 논밭 위로 갈대가 무성한 강둑을 지나는 농부에게 질문을 던졌다.

"그러게 말이오. 그래도 저 편에 심은 옥수수는 괜찮아요. 넘어진 옥수수는 다시 일어난단 말이오. 저 봐요. 뿌리가 다시 몸을 일으켜 세우지."

농부의 말처럼 옥수수는 맨 아래 줄기 마디에서 나온 뿌리가 땅속까지 뻗어 몸을 지탱하고 있었다. 장맛비에 넘어지더라도 옥수수는 뿌리로 다시 일어선다고 한다.

내게도 세찬 비바람이 그칠 날 없이 찾아오고 모진 풍파가 계속되는 태풍같은 나날들이 있었다. 사업을 하다가 완전히 정리하고 고통스럽게 보내고 있을 때였다. 그때 아내는 내게 이렇게 말했었다.

"일어나세요. 땅에 엎드리고만 있으면 남들은 피하려 해도 어쩔 수 없이 밟고 지나가게 되어 있어요."

나는 이같이 힘을 주는 말을 일찍이 들어 본 적이 없다. 이로써 앉은뱅이가 벌떡 일어서듯, 나는 훌훌 털고 일어나 다시 세상으로 나갈 수 있었다. 다행히 태풍에 대가 부러져도 뿌리가 남아 다시 일어서는 옥수수처럼 나는 다시 희망을 향해 일어설 수 있었다.

사십대 중반의 가장, 남들 얘기이겠거니 하고 막연히 생각만 하던 내가 느닷없이 사오정이 되었을 때였다. 아무리 고통스러워도 아내와 아이들, 가족을 생각하며 버텼다. '이것 또한 지나가리라' 되뇌이며 스스로를 일으켜 세우는 자기 치유의 시간들을 보내야만 했다.

인생은 묘하게도 이제는 정말 포기해야겠다는 생각이 고개를 들 때 미래의 기회를 예약해주는 것임을 깨닫게 된다. 그리고 뿌리가 상하지 않으면 어떤 역경에서도 다시 일어날 수 있음을. 세파에 시달리고 넘어져도 뿌리가 우리를 다시 곧추 세우는 힘이 된다는 것을 깨닫게 된다.

인생의 어느 시점에 좌절로 주저앉아 본 사람은 시련을 버티는 과정에서 한없이 강해질 수 있다. 어떤 불행도 우리를 뿌리 채 날려 버리지 못한다. 우리의 뿌리는 희망에 닿아 있으니까…….

때로 우리는 세상을 거창하게만 생각한다.

그러나 인생은 뜨거운 눈물과 삶의 힘듦을

끝끝내 함께하는 것이다.

희망 잡기

요즘 친구들과의 술자리에서 자주 나오는 이야깃거리 중의 하나가 '그 친구 회사 그만두고 요새 무엇 한다더라' 이다. 듣다 보면 곧 이야기는 "밑천이 얼마래?"라는 구체적인 질문들로 이어진다. 물어보는 친구나 답을 하는 친구 모두 제2의 인생을 시작한 친구 이야기에 귀가 솔깃한 표정들이다. 몇 해 전 한 친구가 대기업에서 근무하다 돌연 장어 양식업에 뛰어들었을 때에도 우리는 걱정 반, 부러움 반으로 그 친구 이야기로 술을 기울였었다.

"경기가 좋지 않아 뭘 하든 힘들 거라는 얘기를 들을 때마다 내심 걱정되기도 했지. 주변 사람들은 왜 그 편한 직장을 그만두고 나오느냐며 하나같이 위로 반, 근심 반으로 대하더라고. 그래도 나이가 들면 나중엔 더 할 일이 없겠다 싶어 마음을 굳혔지. 자식들 결혼 시킬 때까지는 내가 벌어야 하잖아. 이거라고 쉬운 일이겠어? 지금이야 자리를 잡았지만 몇 번 빚도 지고, 쉽지 않았어도 끝까지 붙들었지. 인생에서 미끄러지지 않으려면 악착같이 매달릴 수밖에."

얼마 전 장어 양식을 하고 있는 그 친구를 찾아간 적이 있다. 오랜만에 잡아본 친구의 손에서는 비릿한 물 냄새가 풍겼다.

친구는 몇 차례 빚을 지고 양식장을 남의 손에 넘길 뻔도 했지만 지금은 다행히 자리를 잡았다며 소주를 샀다. '먹고 살만은 해' 라고 말하는 친구의 얼굴에서 희망을 읽을 수 있었다.

"늪에 빠진 상태라 해도 희망을 놓지 않으면 돼. 원래 인생이란 게 질퍽덕거리는 거지, 뭐 별 거 있을라고. 때론 남이 뿌린 구정물을 뒤집어쓰기도 하고, 목까지 쓴물이 차올라 숨 막혀 죽을 것 같기도 하고……. 그렇게 버티다 보니 어느새 늪을 빠져 나와 있더라고. 그런 게 사는 거지. 회사 다닐 땐 몰랐는데 이제는 세상이 다르게 보여."

어려움을 딛고 이제는 제대로 뿌리를 내린 친구는 거칠고 투박한 손으로 장어라는 희망을 매일 움켜쥔다고 했다.

"장어는 미끄러워 맨손으론 좀체 잡을 수 없어. 쥐면 쥘수록 쏙쏙 빠져나가는 게 꼭 기회란 놈 같기도 하고, 아무리 벌어 제켜도 쏙쏙 빠져나가는 돈 같기도 하고. 요걸 어떻게 잡으면 되는 줄 알아? 모가지부터 꽉 움켜잡는 거지. 요놈, 달아나지 말거라. 이렇게 소리치면서 말이야."

아무리 미끄러운 장어라도 목을 쥐면 꼼짝하지 못한다고 친구는 말한다. 꿈에서 잡기 어려운 장어나 미꾸라지를 많이 잡으면 어려운 목표를 달성한다는 암시라는 말을 들은 적이 있다. 기다리던 일이 잘 풀린다는 것이다. 우리의 인생에서 장어보다 잡기 어렵게 느껴지는 기회와 희망이라는 놈도 맥을 제대로 알고 움켜쥐면 쉽게 잡을 수 있지 않을까?

"희망아, 내 손에 꽉 잡혀라!"

느긋하게 기다리는 게 제일입니다.
희망을 잃지 말고
엉킨 실을 하나하나 풀어 나가는 거죠.
아무리 절망적이어도
실마리는 어딘가 있기 마련입니다.
주위가 어두지면 잠시 가만히 있으면서
눈이 어둡게 익숙해지기를
기다릴 수밖에 없듯이 말입니다.

…『상상의 시대』(무라카미 하루키) 중에서

여덟번째 날‥

항아리의 입구

"물을 모으는 거예요. 먹을 물이요."

얼마 전 보게 된 위그르 고산 지역에 관한 다큐멘터리에서 한 소년이 물을 받기 위해 항아리를 받쳐 놓으며 이렇게 말했다. 위그르 고산 지대에서는 이렇게 빗물을 받아 식수를 해결한다고 한다.

중국의 1/6에 해당하는 위그르 자치구는 세계에서 바다와 가장 멀리 떨어져 있다는 타클라마칸 사막이 있고, 세계에서 해발고도가 가장 높다는 차마고도가 시작되는 곳이기도 하다. 실크로드 문명이 지나갔던 이곳에는 항아리에 얽힌 재미있는 전설이 전해져 온다고 한다.

포도주를 좋아하는 한 왕이 있었다. 혼자 맛있는 포도주를 독차지하고 싶었던 왕은 포도주 항아리를 '독약'이라고 적어서 보관했다. 술에 왕을 빼앗긴 그의 외로운 왕비는 어느 날 이 항아리를 보고 자신의 처지를 비관해 '독약'을 마셨다. 그런데 죽기는커녕 갑자기 너무나 기분이 좋아진 왕비는 춤게 되고 이 모습을 본 왕은 왕비의 아름다운 모습에 다시 반해 사랑하게 되었다고 한다.

항아리는 무엇을 담느냐에 따라 쓰임새가 바뀐다. 때로는 빗물을 모은 생명수가, 때로는 독약이, 때로는 사랑의 묘약이 되는 포도주가 담기기도 한다. 항아리에 식수를 채우면 물항아리가 되고, 된장을 담그면 된장 항아리가 된다. 무엇을 담느냐에 따라 명칭이 달라진다는 점에서 항아리는 인생과 비슷한 점이 많다는 생각이 들었다. 인생이라는 항아리에 기분 좋은 생각만 담으면 행복한 인생이, 비관적인 생각만 담으면 불행한 인생이 되는 것이다.

많은 사람들이 인생이 내 뜻대로 안 된다고들 한탄한다. 따뜻해서 즐거운 날들보다 비 오거나 가물 때가 더 많아 힘들다고 말한다. 길게는 90살까지 사는 동안 '내 인생은 왜 이래' 라고 투덜거리느라 행복을 못 느낀 채 살아가는 것이다. 자신의 인생이 불행하다는 이야기만 하다가 끝나버린다고나 할까…….

그런데 행복한 인생과 불행한 인생을 구분 짓는 기준은 무엇일까? 돈이 많고 명예가 있어도 불행한 사람이 있는 반면, 누가 봐도 평범하게 살면서도 항상 웃는 사람이 있다. 행복한 생각은 행복한 인생을 만든다. 매일 매일의 행복과 불행은 생각에 따라 결정되는 것이다. 힘들게 노력해서 뜻대로 안 되는 경우도 있지만 다행히 나쁜 쪽으로 가지만 않으면 다행이다.

나는 인생이라는 항아리에 무엇을 담고 있을까? 인생을 이미 금이 간 항아리라고 생각하고 지레 포기하고 있는 것은 아닐까? 미래에 대한 불행한 상상만 담고 힘겨워하는 것은 아닐까?

두 해 전 나는 건강검진을 받다가 쓸개에 0.7센티미터나 되는 용정이 두 개나 있다는 얘기를 들었다. 1센티미터로 커지면 쓸개를 제거해야 한다고 했다. 여차하면 '쓸개도 없는 놈' 이 될 수도 있다는 생각에 서글픔이 나를 몰아쳤다. 산을 다니고, 땀을 흘리고, 숙면을 취하기를 6개월. 재검결과 크기는 다행히 그대로였다. 내 인생 항아리에 '건강하지 못함' 이라는 금이 생긴 것이다.

시골에서는 항아리에 금이 가면 땜질을 하거나 바깥에 철사로 조여 금이 더 커지는 것을 막은 채 쓴다. 제 모양 그대로일 수는 없지만, 항아리가 갈라지지 않도록 잘 유지만 하면 꽤 오래 쓴다. 금이 간 곳에 땜질을 하고 쓰면 항아리는 제몫을 하는 것이다.

만일 항아리가 뒤집힌 채 놓여 있다면 그때가 문제다. 아무리 좋은 것이 생겨도 담을 수 없기 때문이다.

지금 내 인생의 항아리는 어떤 상태일까? 항아리의 주둥이를 아예 뒤집어엎어 놓은 채 거기에 무엇이 담기기를 바라고 있는 것은 아닌지 나 자신에게 물어보고 싶다.

이 세상에 고맙지 않은 일은 하나도 없다.
나는 이것도 부족하고, 저것도 부족하다고 여기면
늘 부족함에 허덕이는 가난한 사람이 되지만
두 눈이 있어 볼 수 있어 행복하고,
두 다리가 있어 걸을 수 있어 행복하고,
두 손이 있어 집을 수 있어 행복하고,
두 귀가 있어 들을 수 있어 행복하다고 생각한다면
바로 그 자리에서 부자가 된다.

… 정토회 지도법사 법륜 스님 법문 중

출처 : '4년째, 매일 아침 108배 하는 까닭' (「오마이뉴스」)

아홉번째 날··

내일 뵙겠습니다

늘 즐겨 듣던 라디오에서 뜻밖의 소식을 들었다. 차분한 목소리로 '노래 하나 추억 둘' 을 진행하던 길은정 씨가 세상을 떠났다는 것이었다. 암 투병 중이었던 그녀는 살아있는 마지막 날까지 생방송을 진행했다고 담당 PD는 전했다. 임종하기 전날 그녀가 남긴 마지막 말을 듣는 순간 내 가슴이 먹먹해졌다.

"내일 뵙겠습니다."

10여 년 동안의 암 투병 때문에 감기에 걸린 것처럼 쉬고 갈라진 목소리로 진행하던 그녀의 목소리가 떠올랐다. 퇴근 무렵이면 습관처럼 라디오를 틀어 목소리를 듣던 그녀의 나이가 몇이던가?

항상 건강하게만 살 수 있는 것은 아닐 텐데, 그렇다면 우리는 어떻게 자신을 관리하고 살아가야 하는 것일까? 인생에서 우리는 소소한 고통에도 아파하면서 보낸다. 그러다 갑자기 멍해지는 순간이 있다. 직장 동료가 갑자기 당뇨병에 걸려 입원하기라도 하면 '난 괜찮은가' 하고 걱정이 앞선다. 오늘 건강하다고 과연 내일까지 장담할 수 있을까? 오늘은 무엇을 하고, 올해에는 어떤 일을 해야지, 늘 계획을 세우고 쫓기듯 살다가 끝나는 것은 아닌지? 그렇다면 사람답게 사는 삶이란 어떤 것일까?

우리는 인생에 끝이 있음을, 계속 살 수는 없음을 잘 알고 있다. 바로 내일을 알 수 없기에 더 절실하게 다가오는 것이다. 그런 까닭에 살아있는 동안 곁에 있는 사람에게 가장 열정적으로 사랑을 표현할 수 있어야 한다. 나이를 먹는다는 것, 그럼에도 불구하고 외롭지 않은 것은 내 옆에 따뜻한 관심과 소중한 인연이 있기 때문이다.

우리는 아름다움이 시들어버린 후에나, 사랑이 끝난 후에야 그것을 못내 아쉬워한다. 아름다움이 꽃피었을 때 그것을 보지 못하고, 사랑이 주어졌을 때에는 투덜거리거나 싸움만 건다. 그러다 그 사람이 떠난 후에야 빈자리를 느끼고 아쉬워한다.

인생을 사는 내내 우리는 옆을 지켜주는 사람의 소중함을 잊고 사는지도 모른다. 사는 동안 사랑하고 감정을 나누는 법을 잊고 산다. 지금 이 순간 세상에서 나와 함께 해주는 다른 사람의 존재를 잊은 채 혼자 아등바등 대기만 하고 있지는 않은가?

"내일 뵙겠습니다."라는 인사를 마지막으로 운명을 달리한 길은정 씨는 세상과 이별하며 친한 언니에게 마지막 유언으로 이렇게 남겼다고 한다.

"사랑해요."

이 말을 듣는 순간, 살면서 놓지 말아야 할 단 한 가지가 바로 사랑임을 깨달았다. 나처럼 평범한 대한민국 가장에게는 언제든 손 잡아줄 수 있는 사람이 있으면 그것만으로도 행복한 거다.

나를 위로해주는 아내, 사랑한다고 말해주는 딸, 늘 나를 걱정해주는 어머니. 그들에게 지금 혼자 품고 있던 사랑의 말을 꺼내보자. 지금 아니면 언제 해보겠는가.

우리는 아름다움이 시들어버린 후에나 아쉬워한다.
사랑이 지나간 후에야 몹시 후회한다.

지금 이 순간 뜨겁게 끌어안자.
지금 아니면 언제 또 하겠는가.

열번째 날··

비움의 미덕

얼마 전 텔레비전에서 「베토벤 바이러스」라는 교향악단을 다룬 드라마를 관심 있게 시청한 적이 있다. 저마다의 사연으로 음악을 포기했던 평범한 사람들이 '강마에'라는 악명 높은 지휘자를 만나 잊고 있던 자신의 재능과 희망 그리고 꿈을 발견하게 된다는 내용이었다. 드라마 내용도 훌륭했지만 오랜만에 듣는 드라마 속 클래식 음악도 내겐 놓칠 수 없는 즐거움이었다. 오보에, 바이올린, 플루트 등 각각의 악기들이 지휘와 어울려 아름다운 화음을 만들어내던 콘서트 장면은 내내 잊혀지지 않았다.

드라마 방영 이후, 나는 한 지인이 연주하는 클래식 공연을 축하해 주기 위해 꽃다발을 들고 무대 뒤편으로 갔다가 아름다운 화음을 낼 수 있는 악기들의 비밀을 우연히 알게 되었다.

"속이 가득 찼다고 소리를 내는 게 아닙니다. 악기는 비어 있기 때문에 울리는 겁니다."

연습 중이던 지인은 첼로의 활을 들고 소리를 튕겨내고 있었다. 그는 내게 첼로의 속이 비어 있다는 것을 사람들이 잘 모른다며 텅 빈 속을 보여주었다. 첼로는 그 안을 텅 비워 울림을 만들어내는 것이라고 했다.

"속이 꽉 찬 것들은 제 몸의 단단함으로 아무런 감흥도 일으키지 못합니다. 한번 비워 보세요. 내면에서 울리는 자기 외침을 듣게 됩니다."

악기는 소리를 내기 위해 먼저 자신을 비운다는 것이었다. 즉, 오케스트라의 모든 악기들은 불필요한 것들은 비우고 자신의 음에 최선을 다함으로써 상대의 음과 맞추고, 그것이 서로의 화음을 이루고 있었다. 우리의 삶도 마찬가지다. 자기 뜻대로 하고 싶은 마음을 비울 때 다른 사람과 일할 수 있고, 불평하는 마음을 비워야 다른 가능성이 보인다.

사회생활을 하는 동안 나는 남들한테 책 안 잡히고, 경쟁에 뒤처지지 말아야지, 입 앙다물며 살아 왔었다. 늘 남들에게 똑똑하게 보이려고 했고, 말을 하더라도 야무지고 빈틈없이, 끝까지 밀리지 않고 자기 주장을 내세우려 했다. 그렇게 해야 경쟁력 있는 인간처럼 비칠 것이라 생각했다. 물렁물렁하게 보이면, 남들 보기에 다부져 보이지도 않고, 얕잡혀 보이는 게 세상인심 아닌가. 그런 내게 악기들의 텅 빈 공간에서 우러나오는 울림은 자신을 채우는 것보다 불필요한 것을 먼저 비우는 것이 중요하다는 것을 새삼 깨닫게 해주었다.

소리를 내기 위해 먼저 자신을 비운 악기들은 오케스트라 연주가 시작되면 아름다운 화음을 이루어낸다. 혼자 튀려고 하면 화음이 아니라 불협화음만 내게 된다. 이처럼 인생도 혼자만의 독주가 아니라 합주인 것을 나는 왜 몰랐던 것일까.

더 많이 가질수록, 더 많이 원할수록
무엇을 바라는 마음은 점점 커질 것이다.
나는 행복에 이르는 길이 우리를 얽매는 '채움'이 아니라
우리를 자유롭게 하는 '비움'이라는 사실을 깨달았다.

…『비움』(미하엘 코르트) 중에서

2

아버지의 마음

열한번째 날‥

아들을 팝니다

"제게는 대학원을 졸업한 큰아들과 올해 전문대를 졸업할 작은 아들이 있습니다. 많이 배우지 못했고 가진 것 없어 늘 고생하는 부모처럼 살지 말라고 정말 열심히 뒷바라지 했습니다. 다행히 큰아들은 석사 과정까지 잘 끝냈고 작년 봄에 입사 응시를 했습니다. 그런데 계속 취업 시험에서 고배를 마셨습니다. 아들은 크게 낙심하였고 저 또한 그랬습니다.

며칠 전 생업인 장사가 너무 안 돼 힘든 심정을 토로했더니 아들은 추운 날씨에도 어디론가 나가 한동안 들어오지 않더군요. 그리곤 정말 죄송하다며 일용직이라도 나갈까 알아봤다고 하더군요.

밤늦도록 이력서 쓰느라 눈이 충혈 되고 또 발표 기다리며 마음 졸이는 딱한 청년들, 이런 백수 아들을 둔 엄마들의 가슴은 까맣게 타 들어갑니다.

우리 아들은 능력 있고 건실한 청년입니다. 방학이면 농촌에서 봉사활동도 열심히 한 착한 아이입니다. 이 아들의 능력을 사회에 팔고 싶습니다."

얼마 전 「사랑밭 새벽편지」를 보다가 우연히 한 어머니가 올린 사연을 봤다. 사이트에 올라온 내용은 대략 이랬다. 청년 백수 100만 시대, 대학을 나오고 사지 멀쩡한 자식이 백수로 지내고 있다는 것이다. 밥벌이를 하려면 노점상이라도 시켜야지 하고 고민하다가도 아들만큼은 번듯한 직장에 다니기를 원한다며 그 아들을 채용해줄 곳을 찾는다는 것이었다. 인터넷이 익숙하지 않았던지 맞춤법도 틀린 이 사연을 본 사람들의 도움으로 다행히 그 대학생 아들은 일자리를 구할 수 있었다고 한다.

'밥 먹었냐? 일찍 다녀라! 어쩌든지 건강 챙기고.'

부모님은 저 세상에서도 내 걱정을 하고 계신 걸까. 살아계신 동안 내내 자신을 걱정하시던 어머니 목소리가 아직도 귓가를 맴돌 때가 있다고 몇 해 전 부모를 여읜 내 친구는 말한다.

부끄럽게도 부모님이 살아계시는 동안 그는 어쩌다 명절 때나 한번 과일 박스 사들며 찾아가면서도 길이 막히네, 하면서 속으로 불평을 했었다고 한다. 그런데도 늘 자식 건강 걱정을 하셨던 부모님.

부모란, 자식 때문에 가슴속으로 눈물 흘리는 존재인 것을 내 자식을 키우고서야 깨닫게 된다. 이제는 뵐 수 없는 부모님이 그리워질 때마다 아직도 나는 부모님의 어린 자식이구나, 하는 생각을 하게 된다는 친구. 친구의 눈에 눈물이 고였다.

문득 아버지의 거친 손을 잡아보고 싶어질 때가 있다.

막노동과 농사일로 굳은 살이 배긴 아버지의 손

살아계실 때 좀더 잡아드릴 것을.

아버지와 나와 딸

"아버지……."

아버지가 위독하다는 전화를 받은 건 내가 월요일 아침 출근했을 때였다. 택시를 탔으나 공교롭게도 병원 위치를 잘 모르는 기사 때문에 20여 분 헤매야 했다.

심장병이 발병하고 나서 의사는 3년을 못산다고 했지만, 아버지는 거뜬히 5년을 더 사셨다. 아버지의 심장병은 갈수록 합병증까지 겹쳐져 병원으로 옮긴 다음에는 내 가슴이 덜컥 내려앉았다.

아버지는 평생 농사꾼으로 사셨다. 자식들 대학을 보내려고 전답을 팔아 서울에 오셨지만, 아버지는 끝끝내 대학 부지에 조그만 땅을 찾아 채소를 재배하시곤 했다. 그래서인지 아버지 발바닥은 쩍쩍 마른 논바닥처럼 갈라져 있었다. 도저히 사람 피부라고 보기 힘들 정도였다.

아버지의 여윈 손을 잡아보았다. 한겨울 나무를 구하러 갔다가 동상이 걸렸던 아버지, 그때 광목에 밥풀을 먹여 동여 메셨던 상처가 아직 남아 있었다.

"건강을 잃으면 소용없다. 너무 욕심 부리지 말거라. 서울에 와서 내가 아들 잘 키웠단 얘길 들었다. 네가 이 정도 됐으면 됐지."

대기업 월급쟁이인 내가 아버지에게는 적잖은 자랑거리였다. 안정적으로 살아가는 자식의 모습이 안심이 된다고 말씀하시곤 했다.

내 기억 속 아버지는 늘 잔소리를 하는 분이셨다. 선물을 사가지고 가도 '이런 거 필요없다, 너희들이나 열심히 살아라' 고 하시던 분. 심장병으로 거동이 불편하실 때조차 늘 '건강 조심하라' 고 말씀하시던 아버지.

농사밖에 모르시던 아버지 말씀을 귓등으로 넘겼던 적이 많았다. 아버지는 판검사나 대기업에 취직하는 게 잘 사는 길이라고 생각하셨고, 그러다 보니 문학청년으로 살고 싶어 했던 나를 무섭게 꾸짖으셨다. 그런 아버지가 병상에 앙상한 모습으로 누워계셨다.

"할아버지, 지금부터는 건강해야 해."

네 살 박이 딸아이가 국화꽃을 두 손에 든 채 아버지의 관을 향해 말했다. 병원에서 아파하던 아버지의 모습을 기억한 딸아이의 당찬 당부였다. 순간 묘지에 모였던 사람들이 어이없는 웃음을 터뜨렸다. 생각해보면 아버지는 늘 아파하셨다. 자식들이 넉넉하게 살지 못하는 것을 보고 아파하셨고, 많은 돈을 물려주지 못해 아파하셨고, 내 슬픔에 나보다 더 크게 아파하셨다.

그런 아버지를 보내고 나서야 알게 된 게 있다. 한번도 '사랑합니다' 라고 말해보지 못한 것이다. 그래서 아버지는 돌아가신 후에야 보고 싶은 사람이라는 말이 있는가 보다. 막상 꺼내기에는 너무 쑥스러웠던 말을 이제서야 혼자 중얼거려본다.

아버지…… 저를 낳아 주시고,

잘 키워주셔서 감사드려요.

아버지…… 사랑합니다.

열세번째 날 ··

아버지가 나였다면

1

“너희 아버지, 쓰러졌다.”

큰형과 내가 놀라서 달려가 보니 술에 잔뜩 취한 아버지가 신설동 전철역에 쓰러져 있었다. 술도 약하신 분이 종로에서 돼지 껍데기에 소주 몇 잔 들이키고 대책 없이 늘어진 것이었다. 술에 취해서도 용케 우리를 알아본 아버지는 혀 꼬부라진 목소리로 계속 큰형과 내 이름만 불러댔다. 그런 아버지를 집까지 모시고 오는 건 여간 짜증나고 성가신 일이 아니었다.

"아버지가 오늘 기분 좋아서 한 잔 했다."

술 냄새를 풍기는 아버지의 주정은 어린 내게 창피하기만 했다. 군데군데 삐져나온 흰 머리카락에 가난한 삶의 무게가 얹어져 있음을 그때는 모르고 있었다. 그때의 아버지처럼 나도 어느새 두 명의 아이를 키우는 한 가정의 가장이 되어 있다. 그 시절 아버지는 다섯이나 되는 자식을 키울 생각에 지금의 나처럼 어깨가 뻐근하게 아프셨던 걸까? 회사에서 명퇴 신청서가 돌던 날 아버지가 나였다면 어떻게 했을까, 담배를 꺼내들고 생각해본다.

2

"어이 전형, 뭐야?"

좁은 리어카 포장마차에 자리 잡자 동료가 나를 붙잡았다. 남루한 작업복, 때가 낀 잠바 소매, 더러운 목장갑을 끼고 대패고기를 씹고 있는 사람들 틈에서 2차를 마시기 꺼려진다는 눈치였다.

좋은 양복을 입고 사회적인 지위가 생기면서 어느새 리어카 포장마차는 잘 안 가게 된다.

돌이켜 보면 나 역시 남들 보기에 좋은 것에만 집착하곤 했다. 대기업, 메이커 양복, 이름 난 음식점에서 먹는 저녁 한 끼. 대기업에 입사하고, 또래보다 먼저 인정받아 승진하려는 포부로 머릿속이 가득 차 있곤 했다. 심지어 큰 프로젝트를 잘해내 압도적 승리를 얻어야만 속이 편했다.

그러다 보니 작은 일들이 잘 진행되더라고 당연하게 생각했고, 아무리 잘 풀려도 마음에 흡족하지 않았다. 그리고는 마음대로 안 되는 일 앞에서 속상해하던 내가 있었다. 때문에 내 양 미간에 보기 싫은 팔자 주름이 새겨진 채 나이 들었음을 얼마 전에야 알게 됐다. 어느새 대패에 깎여 떨어져 나오는 톱밥이 되지는 않을지 전전긍긍하는 중년에 들어선 내가 거기 있었다.

'리어카 행상으로 하루하루 사는 사람들도 있는데 넌 그래도 대기업이라 안전하잖니. 회사 꽉 붙잡고 떨어져 나오지 마라. 요즘 말로, 젖은 낙엽처럼 회사에 딱 붙어 있으라고.'

3

자동차에서 가장 싼 부품을 고르라고 한다면 아마도 와이퍼일 것이다. 3~4,000원이면 교체할 수 있는 와이퍼는 정말 값싸고 어떤 때는 별로 필요 없는 것 같다.

그런데 자동차에 이 와이퍼가 없으면 큰 문제가 발생한다. 비가 오거나 눈이라도 내리면 앞이 전혀 보이지 않는다. 운전하는 게 불가능해지는 것이다. 아버지란 자식의 인생을 지켜주는 와이퍼 같음을 요즘에서야 깨닫게 된다. 아버지란 옆에 계시다는 것만으로도 충분한 것임을.

나는 아버지가 살갑게 말을 건네시는 것을 들은 적 없다. 하지만 아버지는 내게 큰 문제가 생길 때마다, 안 좋은 일에 우울해할 때마다 말없이 들어주셨다. 평생 농부로 사셨던 그분이 특별한 해결책을 내어주신 건 아니었다. 그런데도 오늘 같은 날은 아버지의 옆이 그립다.

'아버지, 아버지가 저라면 어떻게 하실까요?'

누군가의 한마디에 문득 행복을 느낄 때가 있다.

누군가의 한마디로 인생이 바뀌는 사람이 있다.

누군가의 한마디를 버팀목으로 일생을 사는 사람이 있다.

… 『LOVE & FREE』(다카하시 아유무의) 중에서

따뜻한 밥 한 숟갈

"얘야, 밥 먹자."

어머니는 포대기를 추스르고는 등 뒤로 밥을 떠 먹였다. 자세가 불안하다 싶었는데 역시나 밥풀이 방바닥으로 떨어졌다. 방을 저렇게 어지럽히는 어머니는 처음이다. 밥 먹은 지 한 시간도 안 됐는데 밥을 찾으시는 어머니.

치매에 걸리시고 난 후 정신이 온전치 못한 어머니는 온종일 베개를 아들인양 업고 돌아다니시며 밥을 먹이신다.

어느 날 우연히 인터넷을 보다가 치매에 걸린 어머니를 모시고 사는 한 연예인의 기사를 읽게 됐다. 그 연예인의 어머니는 베개를 업고 밥을 먹이는 게 일이라고 했다. 가난했던 시절 아들에게 밥을 먹이지 못했던 게 마음에 맺혀서일 거라 했다. 베개를 아들이라 착각하는 그의 어머니는 치매에 걸려서도 따뜻한 밥 한 술갈 먹이는 것만큼은 절대 잊어버리지 않는다고 한다. 오래전에 산 잠바 하나 걸치고 자식 끼니 걱정을 한다는 그 연예인의 어머니를 보며 어미 거미에 대한 이야기가 떠올랐다.

세상에서 가장 잔인한 동물로 손꼽히는 거미. 하지만 약육강식의 동물의 세계에서 어미 거미는 먹이가 바닥이 나면 자신의 몸을 새끼들에게 내준다고 한다. '아모로비우스 페록스Amaurobius ferox' 라고 불리는 이 거미는 유럽 지역의 동굴이나 돌 및 등 컴컴하고 습기가 많은 곳에 둥지를 틀고 산다.

어미 거미는 한 번에 100여 마리의 새끼를 낳다 보니 곧 먹이가 부족하게 된다. 그러면 어미는 더듬이나 다리로 거미줄을 두드려 새끼들을 부르고는 자신을 새끼들의 '영양식' 으로 제공한다고 한다. 어미 거미가 사라지는 데는 수초도 걸리지 않는다.

신기한 것은 어미 거미는 모든 새끼가 자신의 배에 올라타기 전까지는 몸을 내주지 않는다고 한다. 새끼들 모두에게 조금이라도 더 먹이려는 동물적 본능일 것이다.

부모는 늘 바람 든 무처럼 헐벗고 자식을 더 입혀주고 먹여주며 사는 존재라는 말이 있다. 평소에는 전혀 생각지 못했던, 극히 당연한 것으로 생각했던 부모님의 존재가 어느 순간 너무 아쉽고 손을 뻗어 잡고 싶어질 때가 있다. 눈물이란 때로 가슴 속에서만 흐른다는 것을 알게 되는 나이가 되고서야 부모님이 남긴 따뜻한 체온이 나를 있게 했고, 내가 자식을 키우는 힘이 되었다는 걸 알게 된다.

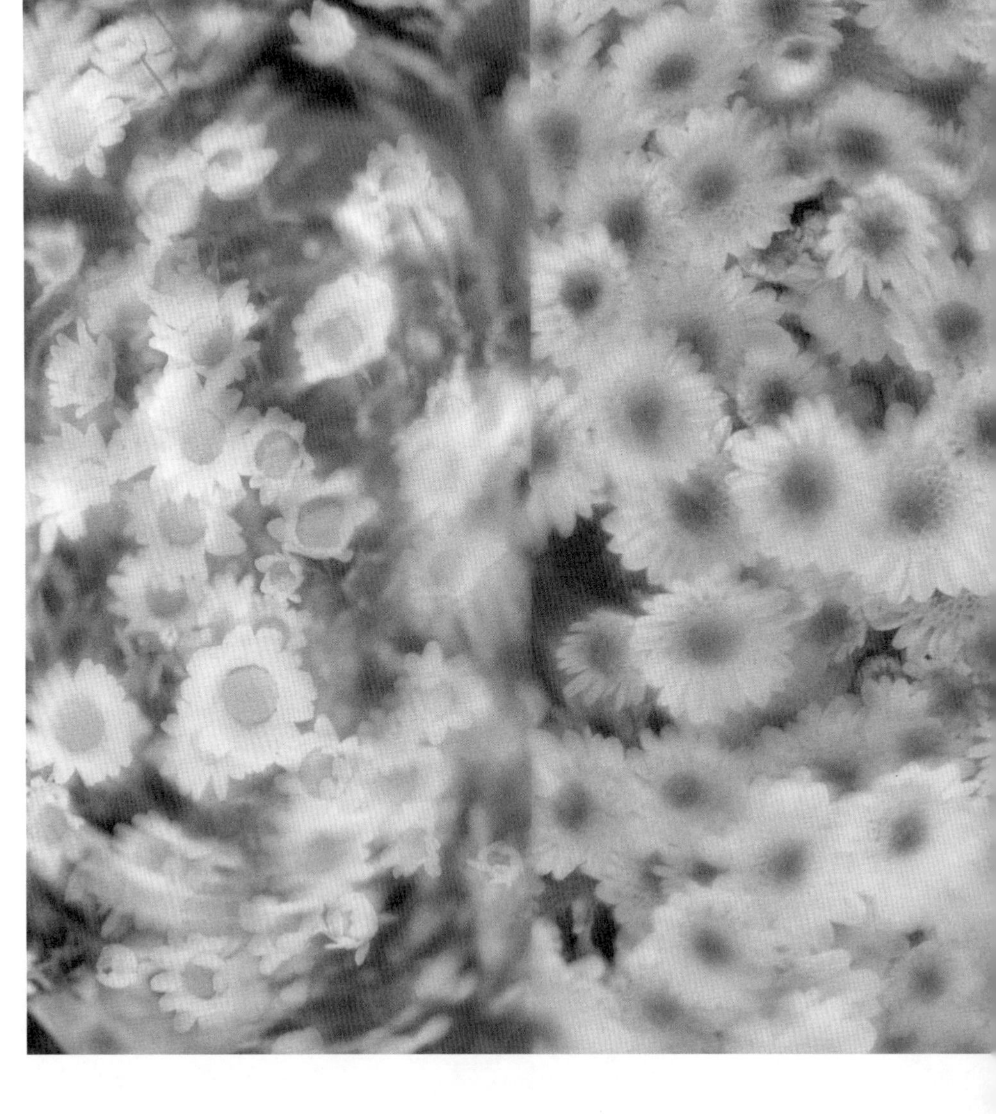

오 늘 하 루 ,
당신과 함께해서 좋았습니다.

당신이 있어서,
오늘 하루 잘 살아낼 수 있었습니다.

어머니와 무밭

"올해는 추워지겠구나."

기상청에 근무하신 것도 아니었는데 어머니는 그걸 어떻게 정확히 아셨을까? 겨울 초입, 밭에서 무를 뽑으며 어머니는 늘 그해 날씨를 정확하게 맞추곤 하셨다.

시골 우리 집 밭에는 가을이면 흰 장단지를 한 치나 드러낸 무들이

지천으로 자라고 있었다. 겨울이 오기 전, 무들은 뽑혀지고 다듬어져, 어떤 것들은 팔려나가고, 어떤 것들은 잘려 동치미가 되고, 어떤 것들은 밭 한가운데 파놓은 무구덩이 속에 담겼다.

서리가 내리기 전, 가을걷이를 할 때에는 온 식구들이 달라붙어 무를 뽑았는데, 어머니는 그 무를 보며 겨울 날씨를 점치셨다.

"이걸 봐라. 무 뿌리가 길지 않니. 이놈들도 추울 것 같으면 기를 쓰고 살려고 뿌리를 깊게 내린단다."

무는 추워질수록 더욱 깊게 뿌리를 내린다고 나지막이 말씀하시던 어머니. 그분은 한낱 무에서, 땅에서 인생의 진리를 배우셨던가 보다.

추위는 지나가게 마련이다. 그러나 추위를 버티기가 쉽지만은 않을 수 있다. 자칫 잘못하면 동상에 걸릴 수도 있다. 그럴 때는 안으로 파고들수록 견고하게 버틸 수 있다.

어부는 바다 한가운데에서 태풍을 만나면 피난처를 찾는 대신 바다를 항해한다고 한다. 피할 수 없을 땐 오히려 맞서 일어서야 살아남을 수 있기 때문이다. 결코 물러서지 않는 용기가 내면의 힘을 키운다.

고통이 닥치면 원망하고 싶어진다. 화풀이도 하고 싶어진다. 하지 큰 파도일수록 정면으로 맞서야 배가 부서지지 않는다.
파도를 바꿀 수는 없으나,
파도와 맞서 싸워 이길 수는 있다.

오늘, 어제와는 다른 결단과 행동을 해보자.

만, 그것이 삶을 주도적으로 살아가는 성인다운 태도가 아님은 누구나 알고 있다. 누구를 원망할 시간이 있으면, 삶을 개선하는 데 더 많은 시간과 노력을 들이자. 원망은 현실을 바꾸지 못하지만, 실천은 현실의 곤경을 넘게 한다.

어느새 나는 그때의 어머니 나이에 접어들고 있다. 중년에 접어들면서 살아간다는 것이 만만찮음을, 때로는 혹독한 겨울을 맞은 것처럼 느껴질 때가 있다. 직장에서, 가정에서 송두리째 뽑혀 나갈 처지에 놓이기도 한다. 이런 시기 우리는 무엇을 부여잡아야 할까? 회사를 그만둔 첫날, 나는 무처럼 뽑혀 나가지 말아야지, 폭설이 치면 더 푸르러야지 하고 생각했다. 그리고 어금니를 자물쇠처럼 굳게 다물었다.

새로운 일을 알아보러 나선 길, 아내가 언제 오냐고 문자를 보내온다.

"곧, 간다. 아무 염려마라."

열여섯번째 날‥

내가 설 자리

"서울에서 호주가 그리 멀지는 않잖아. 또 볼 날이 있겠지."

이년 전에 호주로 이민 가는 친구를 공항에서 전송했다. 아내와 아이까지 데리고 친구는 인생의 남은 시간 동안 그곳에서 살겠다고 떠났다. 대학 근처 종로 피맛골에서 밤 새워 술 마시고, 서로의 연애상담을 하던 친구를 영영 볼 수 없다니 믿기지 않았다.

"나 다시 돌아가면 어떨까? 안 되겠지?……"

1년이 지난 후, 친구는 메일로 일자리 소개를 부탁해왔다. 나도 여유가 없던 터라 '알아보마. 잘 될 거야, 결심한 것처럼 잘 될 거야' 라고만 말해주었다. 아는 사람이 없었던 터라 어떤 도움도 줄 수 없었고, 그저 친구가 잘되기만을 바랐다.

"처음 호주에 도착했을 때는 제2의 고향이라고 생각하고 열심히 해보려고 했었지. 처자식 고생시키지 않기 위해 열심히 뛰어다니고. 이곳에서라면 반드시 성공할 거라고 다짐도 했었지. 이를 꽉 물었어. 하지만 삶의 무게는 어디를 가든 마찬가지더라고."

며칠 후 온 그의 메일에는 희망적인 이야기가 별로 없었다. 며칠 후 대학 동창회에서 동기들끼리 하는 그의 이야기를 들었다.

"그 친구 한국에서도 직장생활에 적응하지 못하고 가더니. 직장 상사하고 늘 트러블이 있었다지? 내 후배가 그 회사 다녔잖아. 어느 날 상사가 술 마시고 실수로 욕 좀 했다고 싸우고 그만둔 거라며? 자존심이 강해서 상사가 사과하고 붙잡는데도 뒤도 안 돌아보고 정리하고 나왔다면서? 누군 밸이 없어서 참고 사나? 월급봉투 하나 바라보고 사는 가족들 때문에 참고 사는 거지.

그 친구 호주 이민도 갑작스럽게 결정한 거라며? 어디 그런 결정이 쉽게 내려질 일인가. 이 나이에 익숙한 생활을 통째로 바꾼다는 게 쉬운 일도 아닌데 말이야. 그 친구도 참 대단해. 어떻게 그렇게 준비 없이 떠날 생각을 해. 아는 연고자도 하나 없이 말이야. 그 친구 고생하는 것도 당연해."

대학 동기들 사이에도 그가 호주에서 어렵게 산다는 소문이 나 있었다. 나 역시 회사를 떠나고 싶었던 순간이 많았었는데……. 그 친구를 보며 나도 이민에 대해 생각해본 적이 있었다.

해외 유학생 34만 명 시대, 요즘 한국의 가장들 중에는 아이들의 교육을 위해서, 혹은 노후 때문에 이민을 고민하는 사람들이 굉장히 많다고 한다. 이민이 미래를 위한 투자인지, 한국의 경쟁적인 삶과 어려움에서 벗어나려는 회피인지는 나도 잘 모르겠다.

"웬만하면 한국에서 살지. 태어난 나라보다 더 좋은 곳이 어디 있겠어. 한국에는 부모님 계시고 친척도 있고, 친구들도 있고…… 적어도 비빌 언덕이라도 있잖아. 잘되면 좋기는 하지만……."

동기들은 말을 흐리며 다시 술을 마시기 시작했다. 어디를 가든 삶은 힘든 거라고 동기들은 말했다. 우리들은 이민에 실패해서 돌아오고 싶어도 돌아올 곳을 찾지 못하는 친구에게 줄 해답을 끝내 찾지는 못했다.

나처럼 월급으로 먹고 사는 직장인들은 철근덩이 같은 삶의 무게에 짓눌려도 아침이면 출근할 곳이 있고, 퇴근하면 맞아줄 가족이 있어 좋은 것이다. 힘들어도 그곳에 내가 있을 자리가 있어 살만한 것이다. 우리가 진심으로 잘되기를 빌었던 그 친구에게서 얼마 후 메일이 왔다.

"아내와 애들을 먼저 돌려보냈어. 혹시 연락 하면 네가 신경 좀 써 줘라. 내가 여기서 자리 잡기 전까지는 서로 떨어져 사는 게 편할 거 같아서……. 일이 잘 풀리면 그때 보겠지……."

친구의 아내에게 전화를 걸며 내가 도울 수 있는 게 무엇일지 생각해보았다.

'그래, 희망을 불어넣어 주는 거야. 너무 차가운 현실의 온도를 그대로 전하지 않고, 잘 견뎌 나갈 수 있도록……'

그래도 작은 일이나마 친구를 도울 수 있어서 다행이었다. 친구의 아내를 만나기로 약속한 장소에 들어서며, 그래도 내가 도움을 받는 위치가 아니라 도움을 줄 수 있는 자리에 있음에 감사했다.

나는 혹시 친구의 아내와 손을 잡을 때를 대비해, 손을 따뜻하게 비벼댔다. 아무래도 따뜻한 손이 훨씬 안도감을 줄 테니까…….

삶은 미로와 같다.
어디로 우리를 향하게 할지
때로는 갈피를 못 잡는다.
그러나 실낱같은 희망만 있어도
그걸 잡고 우리는 미로를 헤쳐 나올 수 있다.
긴 터널을 지나 마침내
삶의 등불이 저만치 잡힐 듯 보인다.

열일곱번째 날··

상처를 안고 사는 법

"잘 가라. 또 보자."

친구로부터 충격적인 전화를 받았다. 대학 시절 ROTC 장교로 입대했던 한 친구가 운명을 달리했다는 것이었다. 전날, 휴가를 마치고 돌아가던 친구와 '지금 바쁜데, 다음에 나오면 또 보자' 고 통화를 했었는데, 그 친구가 탄 지프차가 논두렁에 굴렀다고 했다. 나는 믿을 수 없는 소식에 망연자실했다.

친구가 갑작스럽게 죽었던 5월, 이 시기만 되면 내 기억은 후진하는 자동차처럼 그 시절의 고통스런 순간을 향해 달려간다.

누구든 말 못할 아픈 기억이 있다. 몸이 아프고 마음이 아프고, 심지어는 그 아픔으로 인해 영혼까지 아파 멍든다. 심신이 꽃병에 갇힌 생화生花처럼 시드는 때가 있다.

최근 아내를 잃은 고등학교 후배는 죽은 아내가 자꾸 생각난다고 말한다.

"생각하지 않으려 해도 과거의 일이 자꾸 떠올라 괴로워요, 형. 내가 왜 이렇게 고통을 받아야 해? 왜 나일까? 먼저 간 아내가 원망스럽기도 하고, 살아 있을 때 더 잘 해 주지 못한 게 자꾸 떠올라. 새로 여자를 만날 때마다 아내가 꿈에 나와. 새로운 사랑을 하는 게 죄야? 떠난 사람은 아무것도 모를 텐데 나만 왜 이렇게 아프고 상처를 받아야 해? 자는 게 고통스러워. 형."

사랑하는 사람을 잃은 후배를 보며 나는 인생이란 상처를 안고 사는 게 아닐까 생각했다. 아픔을 견뎌낸 조개만이 진주라는 아름답고 단단

한 보석을 탄생시킨다고 사람들은 말한다. 영원히 지속되는 아픔은 없다고도 말한다. 이별의 아픔이 자신을 성숙시키는 계기가 된다고도 한다.

그러나 그런 말로도 위로가 되지 않는 상처를 안고 사는 것이 인생 아닌가. 아버지의 49재 기일을 보내고 산사를 내려오면서 이 상처는 언제 극복될 수 있을까, 과연 극복되기는 하는 걸까, 하는 생각을 했다.

"저것 좀 봐."

산사에서 이어진 고로쇠나무가 우거진 숲을 걷던 친구가 내게 말을 걸었다. 그가 가리킨 곳에는 고로쇠나무에서 수액을 뽑는 사람들이 보였다. 한참을 지켜보던 친구가 내게 말했다.

"나무는 말이야. 상처를 내야만 누군가를 치유할 수 있는 수액을 얻을 수 있지. 그런 나무는 더 튼튼해진다고 하더군. 지나친 비약일지는 모르겠지만 말이야, 그게 인생인 것 같아. 생채기가 생기고 아픔을 겪어야만 마음과 몸이 크는 게 인생과 닮았잖아. 상처 때문에 흘리는 눈물이 때로는 새살이 돋는 치료약이 되기도 하는 거 같거든."

슬픔에 잠겨 있는 동안은 기쁨이든, 행복이든 삶을 빛내는 것들이

들어올 틈이 없다. 내면을 향해 걸어 잠근 문을 열어젖힐 때 우리는 새로운 자기를 만날 수 있다. 슬픔의 강에 자신까지 띄워 보내지는 말자. 사랑의 이름으로 다시 만나기 위해 결연히 슬픔을 딛고 일어서자. 아픔은 나를 성숙하게 할 테니까.

머리와 입으로 하는 사랑에는 향기가 없다.

진정한 사랑은 이해, 포용, 자기 낮춤이 선행된다.

사랑이 머리에서 가슴으로 내려오는 데

나는 칠십 년이 걸렸다.

... 김수환 추기경

열여덟번째 날··

아버지의 사랑은

중학교 시절 서울에 전학 온 나는 혼자서만 강원도 사투리를 쓰는 것이 창피했었다. 그래도 깡촌 시골 학교에서 도회지로 전학 간다고 또래친구들의 부러움을 받았었는데 말이다. 평생 농부로만 살아왔던 사람이 도회지로, 그것도 농사 지을 땅 하나 없는 서울로 나가는 건 그 당시엔 동네에서 톱뉴스가 될 때였다.

어느 날엔가 아버지는 논물을 보고 오시는 길에 무슨 생각이 들었는지 홀로 논밭을 뚫어지게 바라보고 있었다. 논둑에 앉아 담배를 태우시던 아버지의 모습은 석양을 받아 유난히 더 쓸쓸해 보였다. 그렇게 고민하시던 아버지가 서울 고모댁에 갔다 오시더니 폭탄선언을 하셨다.

"서울로 이사 가자!"

아버지의 바람은 오직 하나였다. 자식들을 서울에 있는 대학에 보내고 싶다는 것. 그 무렵 대학을 준비하고 있던 큰 형 때문에 아버지는 큰 결심을 하신 것 같았다. '자식들 교육'은 아버지 평생의 목표이자, 인생의 희망이었고, 우리 가족의 미래였다.

평생 농사꾼으로 살던 아버지가 키우던 소를 내다 팔러 가던 심정을 누가 이해할 수 있었을까. 추운 겨울날 소가 뿜어내는 입김처럼 아버지의 입에서는 담배연기가 뿌옇게 흘러 나왔다.

"내가 조상한테 물려받은 전답 팔아 서울 올라가면 죄짓는 거 아닌지 몰라."

이사 전날, 아버지는 벼가 누릇누릇 익어가는 것을 보고도 쌀밥 한

톨 못 드시고 돌아가셨다는 증조부 생각이 난다며 들을 둘러보러 나가셨다. 5남매를 데리고 낯선 곳을 간다는 두려움, 평생 살던 곳을 떠난다는 아쉬움이 두 어깨에 무겁게 내려 앉아 있었다. 장롱이며 세간을 바리바리 실은 트럭이 떠날 때도, 고향 사람들이 배웅할 때도 아버지는 결코 눈물 흘리시지 않으셨다.

몇 대째 살아온 고향을 떠나, 먼 객지에서 새로운 삶을 시작했을 때 얼마나 두려움이 컸을까. 궁핍하고, 어려운 현실에서도 그러나 바윗돌같이 가족을 억척스레 받쳐주셨던 아버지.

'사랑한다' '예쁘다' '잘한다' 살가운 칭찬 한번 없으셨던 엄하신 아버지.

어린 시절 나는 그런 아버지를 다른 친구의 아버지와 비교하곤 혼자 실망하곤 했었다. '나도 저런 아버지가 있었으면……' 하고 어린 마음에 바랬던 적도 있었다. 어리석은 나는 나이를 먹은 후에야 깨닫게 된다. 굳은살이 박힌 채 딱딱하기만 했던 아버지의 손이 바로 우리에 대한 사랑이었음을.

한 줌의 눈물이 필요한 곳에 동행하는 용기,
필요할 때 두 팔을 걷어 부치고 나서서 도와주는 인정,
두려움을 떨치고 일어나는 열정,
아무리 작은 것일지라도
이것이 우리를 보다 인간답게 만든다.

열아홉번째 날··

연필 잘 깎는 사람

팔불출 같지만 불쑥 불쑥 딸아이 자랑으로 시간 가는 줄 모를 때가 있다. 아이를 데리고 외출했을 때 '예쁘다' 는 칭찬을 들을 때나, 한자 8급 시험에 붙었을 때, 학원에서 배운 태권도 동작을 해보일 때 살아가는 보람이 있다고 말하곤 한다. 남들 앞에서는 자랑을 늘어놓지만 무뚝뚝한 아버지를 닮은 나는 정작 아이 앞에서는 칭찬을 잘해주지 못하는 편이다.

어느 날, 모처럼 집에 일찍 들어간 날 아이가 그림을 그리고 있었다. 엄마, 아빠라고 삐뚤 빼뚤 그린 그림 밑에 쓴 글자를 읽고서야 무슨 그림인지 알 정도였다. '미술 성적이 안 좋아서 학원을 보낼까 봐요, 요즘은 다들 다닌다던데…….' 걱정하던 아내의 목소리가 생각났다. 미술 시간에 그림을 다 못 그려 숙제로 받아왔다는 아이는 입을 삐죽 내밀고 있었다. 연필을 잡고 있는 딸아이의 머리를 쓰다듬으며 오랜만에 칭찬을 해주었다.

"와~ 이 연필 누가 깍은 거야? 우리 딸이 직접 깎은 거야? 예쁘게 잘 깎았네."

그래서 그 다음부터 딸아이의 장래 희망은 연필 깎는 사람으로 변했다.

며칠 후 학교를 다녀온 아내가 갑자기 전화를 걸어왔다. 학교에 같은 학급 엄마들끼리 모임이 있어서 갔는데 교실 뒷벽에 아이들 장래 희망이 붙어있었다고 했다. 과학자, 대통령, 의사 같은 희망이 적혀 있는데 한 아이만 '연필 잘 깎는 사람' 이라고 붙어있었다고 한다. 다른 어머니들과 아내는 '아이들이란' 하면서 손뼉을 치며 웃었다고 한다. 그런데 알고 보니 그 장래희망을 쓴 아이가 우리 딸이라는 하소연이었다.

아내는 아이가 또래보다 공부가 뒤쳐져서인 것 같다고 학원을 보냈다. 영어 학원을 가서도, 태권도 학원에서 발차기를 할 때도 딸아이의 장래 희망은 여전히 연필 잘 깎는 사람이다. 이제 딸아이는 다른 아이들의 연필도 알아서 잘 깎아주며 새로운 친구들을 많이 사귀고 있다고 한다.

그래, 짧은 시간 내 연필 많이 깎는 사람으로 기네스북에 오를 수도 있지 않은가. 딸이 건강하게 잘 자라고 있음에 아버지로서 감사함을 느낀다. 딸아이에게 오늘은 다른 칭찬의 말을 해봐야겠다.

* 예전에 인터넷에 있는 글을 보고 모티브 삼아 쓴 것입니다. 출처를 찾지 못해 생략합니다.

사람을 살리는 것도

사람을 변화시키는 것도

사람을 죽이는 것도 말이다.

오늘은 만나는 사람들에게

작은 칭찬의 말을 건네 보자.

스무번째 날··

인생 촬영법

이사를 준비하다가 대학 시절 찍은 사진첩을 우연히 펼쳐 보게 되었다. 젊은 날들의 사진들을 쭉 들여다보니 거기엔 내가 살아온 인생이 보였다. 그 시절 사진들에는 마음을 훈훈하게 만드는 추억들이 한 움큼 담겨져 있다.

사진을 보다가 문득, 새치가 드문드문 나 있던 머리가 이제는 하얗게 변하기 직전이라는 걸 깨달았다. 흰 머리카락을 발견할 때마다 인생의 한 막이 지는 걸 깨닫게 된다. 열정으로 반짝이던 젊은 시절은 가고 이제는 방바닥에 떨어진 흰 머리카락을 줍는 내가 있다. 마치 어린 아이가 자신의 손을 잡아주던 사람을 잃어버린 것처럼 두려움과 허전함이 느껴진다. 인생의 전반전이 이미 끝났고 후반전이 성큼 다가와 있음을 깨닫게 된다.

사진은 지나온 인생의 한 단면을 엿보게 도와준다. 머릿속에만 있다가 툭 튀어나와서 유리알처럼 반짝이게 만드는 기억의 힘이 있기 때문이다. 아무렇게나 셔터를 눌러 찍은 사진들이 어떻게 이런 만감을 가져올 수 있는지.

「내셔널 지오그라픽」의 사진을 찍는 사진작가 윈필드 파크스가 사진을 찍는 작업에 대해 이야기한 글을 본 적이 있다. 인생을 관찰하고, 지켜보며 기다려야만 삶을 있는 그대로 담은 좋은 사진을 찍을 수 있다고 한다. 그는 사진작가라는 직업상 보통 사람들과는 다른 시각과 감정으로 대상을 바라본다고 한다. 한발 더 다가가서. 혹은 몇 걸음 떨어져서 구도를 고민하고 촬영한단다.

가끔은 멀리 떨어져서 망원렌즈로 사진을 찍기도 하고, 주변의 풍경을 있는 그대로 담기도 하며, 보고 느끼는 대로 자유롭게 찍는 경우도 있다고 한다. 사진작가들이 사진을 찍는 과정은 인생을 올바르게 살아가려는 우리의 자세와 참 닮았다.

1. 언제나 시야의 가장자리를 주목하라

내가 정작 바라보아야 할 인생은 어디에 있을까. 미처 보지 못한 내 인생의 가장자리는?

이제는 인생의 주변부를 봐야 할 때, 어디를, 무엇을 볼까. 지금 나는 무얼 보는 나이가 되었는가? 아름다운 강화도 갯벌에서 지는 해를 바라보며 떠오르는 내일을 상상해본다.

2. 일찍 나가서 늦게 들어오라

하루 종일 나가서 뛰고 밤늦게 집으로 들어오는 나의 삶은 무엇을 찾고 있을까. 하루 해가 짧도록 뛰어다니는 인생. 늦은 시간 퇴근길에 인생의 의미를 곱씹어 보라.

3. 내가 담고자 하는 것의 제일 중요한 부분을 빠뜨리지 마라

부지런히 살아왔으나, 가정, 가족, 친구, 우정, 사랑과 같은 가장 소중한 것들을 놓아 버리고 살지는 않았는가. 삶에 덜 필요한 것들은 덜어내고, 가득 채워야 할 것들조차 때론 여백으로 남겨 두어야 하리라. 남은 생애에 따뜻함을 위해 아낌없는 수고를 해야 하리라.

4. 삶을 관찰하라. 기다리며 지켜보라. 그리고 있는 그대로를 사진으로 담아라

열심히 산다는 건 열심히 뛰는 것만을 뜻하지는 않는다. 멈춰 서서 관찰하고, 때론 기다리고, 지켜보는 가운데 삶의 멋은 높아지지 않을까. 이제는 멈춰 서서 관조하듯 삶을 바라보면 어떨까.

3

아버지가 되던 첫 마음을 기억하라

어느 배관공의 가르침

"고민이 많으신가 봐요? 머리카락이 이렇게 많이 나오네."

아파트 세면대가 막혀 이리저리 손을 써봤지만, 잘 안 돼 관리실에 부탁하니 한 육십 대쯤 되어 보이는 아저씨가 배관도구들을 들고 나타났다. 그는 대뜸 어디가 막혔냐며 화장실 쪽으로 가더니 한참 화장실 배수구 밑을 이리 저리 살펴보았다. 기구를 사용해 뚫어보고 락스를 들이붓고 하더니 머리카락을 한 움큼 집어 올렸다.

그는 이왕 온 거 변기도 봐주겠다며 텔레비전 광고에서 유행하는 '되고' CF송을 부르며 변기를 손보기 시작했다.

"막힌 건 뚫으면 되고, 터진 건 때우면 되고……. 인생이 뭐 있나요?"

배관공 아저씨는 그런 인생의 긍정과 낙관적인 자세를 어디서 터득하게 된 것일까. 그의 말처럼 인생을 살다가 사건이 터지면 땜질해주면 되고, 가는 길이 막히면 뚫어주면 되는 것이라는 깨달음이 생겼다. 돈이 없어지면 벌면 되는 거고, 감기에 걸리면 더 건강에 신경 쓰면 되고, 아이가 성적표를 나쁘게 받아오면 다음엔 더 잘 보라고 격려해주면 되고, …….

살다보면 안 좋은 일이 생길 때는 한꺼번에 몰려오는 것처럼 느껴지는 때가 있다. 경제적 여유가 없는데 결혼식 청첩장, 돌잔치 초대장이 날아오고, 마이너스 대출 통장에 만기가 다가오는데 가족 중에 갑자기 병원에 입원하는 사람이 생기고.

"난 왜 이렇게 안 좋은 일만 생기는지……."

한 심리학자는 자신에게 안 좋은 일만 일어난다고 생각하면 그런 일만 생기고, 좋은 일만 일어난다고 생각하면 모든 것이 좋아 보이는 심리현상이 있다고 말한다.

생각해 보면 정말 그렇다. 당장 생계가 걱정이라면 새벽에 우유라도 돌리면 되는 거고, 사람을 더 만나 일거리를 찾아보면 되는 거고, 회사의 사장이라면 어렵다고만 말할 게 아니라, 직원들이 헤쳐 나가기 어려운 일은 앞장서서 뚫고 나가면 되는 거고……. 그런 생각을 하자, 예전에는 왜 좀 더 긍정적인 생각을 하지 못했는지 돌이켜 보게 됐다.

물론 말처럼 모든 게 쉽지는 않겠지만, 그렇더라도 '된다' 는 생각을 가지는 것만으로도 모든 면에서 힘을 발휘할 게 분명했다.

배수구가 뚫린 다음, 우리 집엔 모든 일이 다 잘 풀리는 듯 한 느낌이 들었다.

버리고 내려놓고 다시 희망 찾기

"내려올 때는 올라갈 때 잔뜩 짊어졌던 짐을 내려놓는 것이 제대로 된 산행입니다. 산을 내려올 때는 묵은 감정까지 산에 두고 와야 합니다. 그렇지 않으면 몸은 올라가도 마음이 나아가지 못하고, 몸은 내려와도 마음은 갈 곳이 없습니다."

『CEO 산에서 경영을 배우다』라는 책을 쓰기 위해 전국의 산을 다닌 적이 있다. 어렸을 때 아버지를 따라 산에 올라갈 때는 '어차피 내려올 건데 왜 올라가는 거지?' 라고 의문을 가진 적이 있다.

인생을 어느 정도 살고서야 아버지가 산을 찾으시던 심정을 이해하게 되었다. 그렇다. 산은 비우는 법을 배우러 가는 곳이다. 고민을, 다른 사람에 대한 미운 감정을, 세상을 향한 원망을 버리고 비우고 인생의 희망을 채워 오는 것이 등산 아닐까. 산을 다니면서 나는 얻으려고만 하고 원하기만 했던 마음을 어느덧 비우게 된다.

돈, 명예, 권력, 사랑, 행복을 가지려고만 했을 뿐 나는 조금 부족한 삶에 익숙해지려고 노력하지는 않았음을 깨닫게 된다. 현재 갖고 있는 것에 감사하는 법을 잊어버렸음을 알게 된다.

"이걸 버려야 되나?"

얼마 전 이사를 할 때, 켜켜이 처박혀 있던 큰 애의 어렸을 적 물건들을 꺼내서 정리했다. 첫 애를 낳았을 때 쓰던 기저귀 가방이며, 자질구레한 집기들을 정리할 때 나는 그것들 하나하나에 어려 있는 추억을 떠올렸다.

가난한 유학 생활 중에 첫 아이를 낳았던 일, 한인 식당에서 웨이터 일을 하며 모은 돈으로 유모차를 어렵게 마련했던 일, 그 시절 얼마나 억척스레 공부하고, 열심히 살았던지.

힘들었던 그 시절을 어떻게 버텼을까. 이삿짐을 정리하는 아내의 손을 가만히 잡아보았다. 퀴퀴한 걸래 냄새가 배어 있는 손이었지만 나를 지켜주는 아내의 손이 그렇게 좋을 수가 없다.

마흔 넘어서도 전셋집을 전전하는 삶, 친구들이 융자를 받아 아파트를 장만하고 큰 평수로 옮겨갈 때 적지 않은 자괴감을 느꼈었다. 나도 할 수만 있다면 큰 집, 고층의 아파트를 소유하고 싶어 머리 아프게 고민한 적도 있었다.

그래도 나에게는 부부가 함께 마주 앉아 먹을 수 있는 식탁이 있어서 좋다. 갚을 융자 빚 때문에 고민하지 않아도 돼서 행복하다.

행복이란 극히 작아서 현미경으로 보아야만 볼 수 있는 경우가 대부분이다.

삶이 지진부진하고, 불만이 먼지처럼 쌓이거든 주변을 돌아보라. 행복이 묻어나는 온갖 소품들이 우리를 에워싸고 있다. 우리의 생활은 물론 인생은 추억 어린 작은 것들로 구성되어 있다. 그것을 알 때, 우리는 행복에 더 가까이 다가갈 수 있다.

행복한 삶이란 현재 내게 불필요한 것은 버리고, 욕심은 내려놓고, 한숨은 떠나보내고, 신선한 자극을 만날 때 얻어지는 것이다. 그럴 때 희망이 나를 찾아온다.

늦은 저녁, 일곱 번의 이사 끝에 방을 차지한 아이들이 좋아서 강중강중 뛰어다닌다.

온갖 욕망에 둘러싸인 자신과 거리를 두고,

미지의 세계로, 두려움이 넘실대는 곳으로,

떠나보자, 뭔가 달라진 자신과 다시 만나게 된다.

여 기 는
희망충전소입니다

하루가 시작될 때, 무슨 생각을 하며 깨어나는가? 아름다운 하루가 시작되는 것에, 살아 있음에 감사하고 있는가? 아니면, 반갑지 않은 손님이 누른 초인종 때문에 마지못해 문을 열러가듯 간신히 이불 밖으로 빠져 나오는가.

연애를 꿈꾸던 시절엔 잠결에서도 설레는 가슴으로 깨어났고, 실연한 우울한 날엔 가슴에 멍울진 상처를 어루만지며 하루를 어렵사리 시작하곤 했다.

오래 전, 첫 출근 할 때의 아침은 가벼운 긴장감이 솟는 활력으로 스프링처럼 일어났고, 첫 아이를 낳은 다음 날 아침은 생명의 경이로움과 아버지가 된 긴장감을 느끼며 잠에서 깨어났다. 아내에게 말은 안 했지만 생명을 생산해냈다는 경이로움에 남자로서 흥분을 느끼며 하루를 맞이하곤 했다.

하루가 시작될 때, 처음 하는 생각이 매일매일의 나를 완성한다. 어제는 오늘을 이어가는 대나무의 마디와도 같다. 상처든, 영광이든 모든 것이 어우러져 나를 이루고, 인생의 생장점이 된다. 그렇게 맞이한 수많은 날들엔 나름의 의미가 있다.

하루의 시작은 누구에게나 상처를 보듬고, 깃을 고르는 일로 시작된다. 인생은 이렇게 하루하루의 작은 질주에서 시작되는 것이리라. 오늘 하루가 슬금슬금 도망치지 못하도록 꼭 붙잡아본다.

언제부터인가 나는 잠에서 깨어나면 기도를 한다. 저 먼 곳에서 나를 찾아오는 태양의 신께, 대자연의 신께, 인류와 함께한 신들에게, 조상님들께, 크고 작은 온갖 신들께…… 그냥 잠시 동안 이불에 머리를 파묻은 채, 세상 모든 신들에게 감사의 기도를 드려본다. 넘치는 것도,

부족한 것도, 밋밋한 것도, 좀 더 나은 것도 나를 이루는 나이. 성에 차는 것은 아닐지라도 이 정도면 되지 않았나. 세상 살기에 이 정도 정돈된 생각과 마음을 가진다면 나는 충분히 복되다. 매일 삶이 시작되는 아침은 희망이 충전되는 발전소이다. 오늘은 몇 킬로미터의 행복을 만들어낼까.

하는 일마다 구구절절 이래서 안 되고 저래서 안 되고……

변명을 하다 보면 인생은 구차해질 뿐이다.

결국엔 내가 풀어야 할 문제인데 무슨 변명이 필요할까.

위대한 삶도 매일매일 작은 실천에서 출발한다.
어제의 상처, 오늘의 영광, 하루하루가 모여 인생이 되고, 우리를 살게 한다.
작은 습관을 소박하게 실천에 옮기면 멋진 인생 항해는 이루어진다.

결심은 작아보여도 행동은 결코 작지 않다.

인생 후반전을 위한 마음가짐

"그동안 어떻게 지냈니?"

시골에서 이장을 하며 살고 있다는 옛 친구를 우연히 만났다. 우리는 어느새 중년으로 접어든 서로의 얼굴을 마주 보았다. 세월에 긁히고, 화염과 싸우듯 치열한 삶에 지친 얼굴들이 거기 있었다.

몇 마디 이야기를 나누다가, 늦은 시간 친구는 시골로 내려가는 막차 시간에 맞춰 일어났다. 여전히 도시에서 바쁘게 살고 있는 나와 달리 일찍 귀농해 농사를 짓고 있는 친구는 이제는 완전히 촌 농부가 되어 있었다. 그런데도 전에 없던 여유가 친구의 뒷모습에서 묻어났다.

"언제든 사는 게 답답하거든 시골로 머리 한번 식히러 내려와라."

어느덧 노후를 준비해야 하는 나이, 인생의 후반전에 나는 어떤 인생을 살아야 할까.

삶은 강팍진 빙판이다. 이 빙판길에서 넘어지기라도 할까 봐 조심스럽기만 하다. 밥그릇이 깨져 나가거나 빼앗기게 될 것 같은 두려움이 들 때면 마음은 한없이 스산해진다. 언 밥이라도 밥을 얻을 수 있다면 매달리는 것이 직장인의 마음 아니겠는가.

누가 보더라도 친구는 세상에 뒤쳐져 있고, 치열한 경쟁 따윈 잘 모르고 있다. 친구 앞에서 사회적 안정이니, 성취니 하는 말들은 무색하기만 하다. 반면 나는 세상의 속도계에 맞춰 바쁘게 살고 있다. 아이들의 학원비를 내고, 노후를 준비하느라 바쁘게 살고 있다. 겉으로는 나아보이는데도 늘 쫓기고 위축되는 자신을 발견하곤 한다. 나보다 그가 가진 게 더 커 보이는 이유는 무엇일까? 나는 무엇을 위해 달려 왔을까, 무엇을 놓쳐 버렸는지 생각해본다.

얼마 후 친구에게서 연락이 왔다. 붕어찜을 해놓을 테니 주말에 한 번 내려오라고. 아이들을 데리고 내려갈까? 첨버덩 물장구도 치고, 천렵도 하게 할까. 느려도 행복이 묻어나는 그의 삶이 부럽기만 했다.

"바쁘게 살기만 하면 일이 너를 먹어."

사는 동안 느슨하게 풀어놓아야 할 것이 무엇인지 생각해보았다.

잘난 줄 알고 살아왔지만,

오답 투성이에 후회 투성이의 엉성한 인생이었던 것을……

스물다섯번째 날…

인생 예고편

요즘엔 뉴스나 토론 프로그램보다 드라마를 즐겨 보게 된다. 세상 사는 것이 머리가 아플 때 드라마를 보며 휴식 아닌 휴식을 취하는 것이다. 드라마가 끝나면 다음 회 내용을 짧게 요약해서 보여주는 예고편이 나온다. 가끔은 본 방송보다 더 재미있어서 다음 회를 몹시 기다리게 만들기도 한다. 드라마 예고편을 볼 때마다 인생을 사는 것도 저렇게 될 수 있다면 얼마나 좋을까, 상상을 하게 된다.

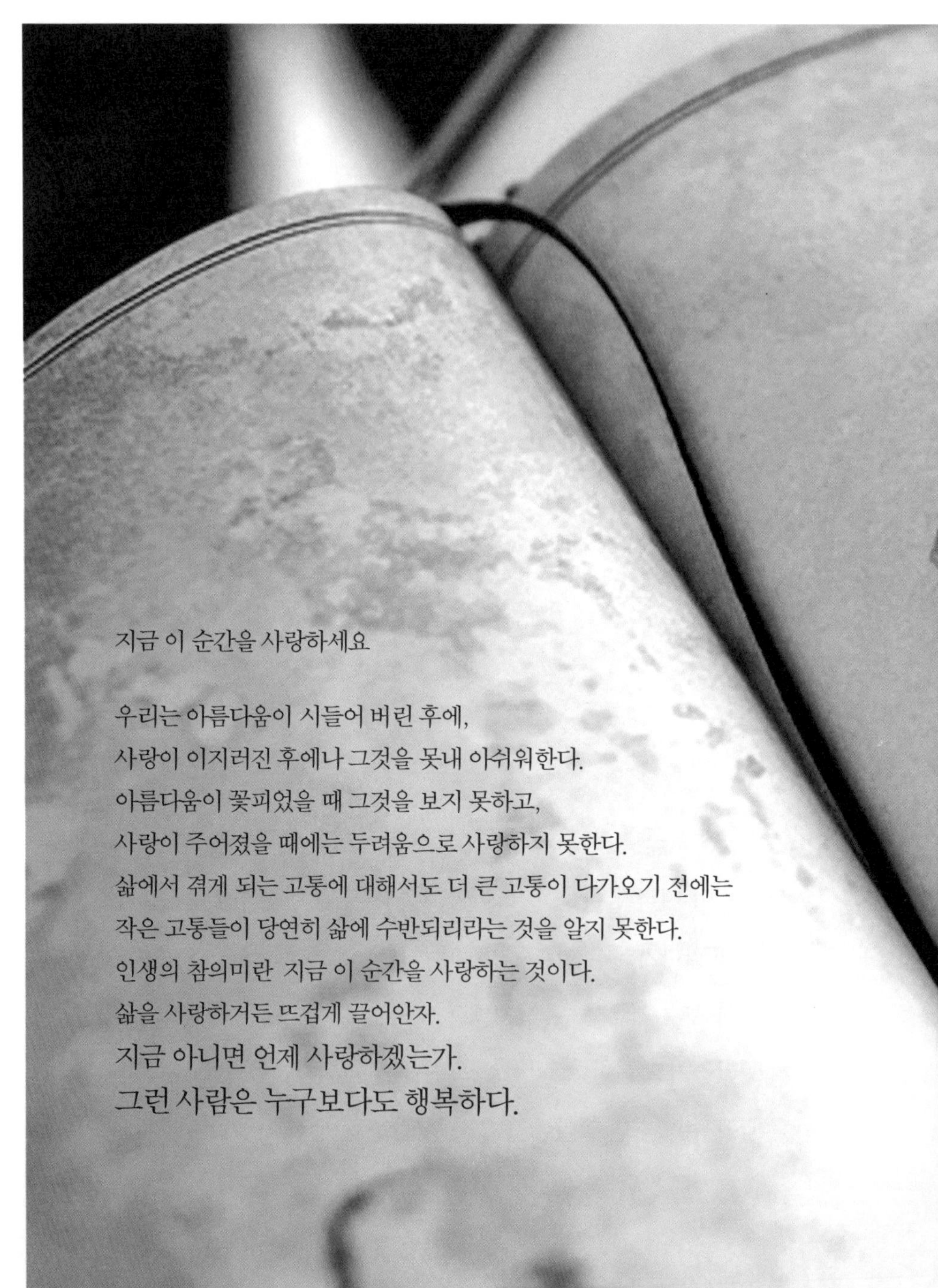

지금 이 순간을 사랑하세요

우리는 아름다움이 시들어 버린 후에,
사랑이 이지러진 후에나 그것을 못내 아쉬워한다.
아름다움이 꽃피었을 때 그것을 보지 못하고,
사랑이 주어졌을 때에는 두려움으로 사랑하지 못한다.
삶에서 겪게 되는 고통에 대해서도 더 큰 고통이 다가오기 전에는
작은 고통들이 당연히 삶에 수반되리라는 것을 알지 못한다.
인생의 참의미란 지금 이 순간을 사랑하는 것이다.
삶을 사랑하거든 뜨겁게 끌어안자.
지금 아니면 언제 사랑하겠는가.
그런 사람은 누구보다도 행복하다.

인생이라는 드라마가 있고, 거기에 미리보기 기능이 있다면, 우리는 좀 덜 실패하면서 살 수 있지 않을까. 우리는 마치 결승점을 향해 뛰는 경주마처럼 앞만 보고 살아간다. 옆으로는 아예 볼 수 없도록 눈가리개를 한 채 뛰기만 하는 것이다. 그러다 넘어져서 다리뼈가 부러지거나 엉덩방아를 찧고서야 왜 다른 방법을 시도해보지 않았는지 후회하곤 한다.

'이 선택을 하면 앞으로 당신의 인생은 이렇게 된다!'

앞으로의 인생을 예고편처럼 맛보기로 볼 수 있다면, 앞으로 일어날 안 좋은 상황을 미리 바로잡을 수 있을 텐데. 돈을 벌거나, 진로를 선택할 때, 학교나 직장을 정할 때 보다 슬기롭게 대처할 수 있을텐데. 그리고 다른 대안들도 미리 생각해 볼 수 있을 것이다.

우리는 어떤 결정을 하고 난 후, 그 시기가 지나고 나서야 자신의 선택에 대해 후회를 하곤 한다. '내가 만일 고등학생 때로 간다면 이 대학을 갔을 텐데', '내가 만약 다시 신입사원이 된다면 이 회사를 선택할 텐데', '친구에게 그 주식에서 손을 떼라고 말을 들었던 때로 돌아갈 수 있다면 다른 결정을 할 텐데'.

인생에서 미리보기를 할 수 있다면 우리는 실패의 가능성을 훨씬 줄일 수 있을 것이다. 그런데 인생 예고편을 미리 볼 수 있다면 우리는 언제나 올바른 결정을 내릴 수 있을까? 우리는 인생의 진정한 가치를 제대로 찾을 수 있을까? 인생에서 가장 소중한 것이 무엇인지 알 수 있을까?

"인생이란 미리 볼 수는 없어도, 앞서 본 것들에 해답을 얻을 수는 있다. 앞서 갈수록 뒤를 눈여겨보면 된다."

인생을 먼저 산 선배는 나에게 이런 조언을 해준다. 생각해보면 우리는 인생의 예고편을 미리 볼 수 있는 방법이 있다. 내가 살아온 지난 삶을 되돌아보면서 반성하고 태도를 고치면 두 번 실수는 하지 않게 되는 것이다. 그외에도 주변 사람들이 살아간 인생을 들여다보거나 수많은 사람들이 저질렀던 실수와 성공의 이야기에서 인생 미리보기를 할 수 있다. 지금까지 살면서 늘 미래에 대해서만 고민하고 초조했다면, 이제는 돌려감기로 지난 삶을 들여다보자.

숙면을 취하는 사람에게 밤은 눈 깜빡할 사이이지만

고민하는 사람에게 밤만큼 긴 것도 없는 것을.

오늘 밤은 앞서서 걱정하고 미리 불안해하지 않기를.

스물여섯번째 날‥

인생의 가을

'가을이네. 가을이지.'

뙤약볕이 유난히 강하던 7월의 더운 어느날, 시골 버스를 타고 지방을 간 적이 있다. 버스에 올라 자리를 찾다가 우연히 스님 옆에 앉게 되었다. 나를 물끄러미 쳐다보던 스님은 바랑을 열고 끝이 붉게 익은 고추를 꺼내 내 앞에 불쑥 들이밀며 이렇게 물었다.

"이게 뭔 줄 아냐?"

예사롭지 않은 스님의 질문에 잠시 망설이던 나는 당연하다는 듯 대꾸했다.

"고추가 아닙니까?"

그러자 스님은 고개를 가로젓더니 말했다.

"아니네, 가을이야. 온 천하에 가을이 오고 있는 걸 알리는 물건이라네."

아직 덜 여문 고추를 보고 가을이라니, 피식 웃음이 났다.

여름 뙤약볕에 고추가 익는다는 것은 곧 가을이 오고 있다는 소식이라고, 스님은 바랑을 추켜세우며 말씀하셨다. 뙤약볕 아래에서 여름을 고통스럽게 보내야 잘 익은 고추가 된다는 말씀을 나는 지금에서야 깨닫게 된다.

인생을 사계로 나눈다면 내 인생은 어느새 가을 문턱에 와 있다. 알곡이든 쭉정이든 이제는 삶을 추수해야 할 때가 된 것이다. 문득 내 인생의 가을은 대풍년인지 흉작은 아닌지 생각해보게 된다. 내 인생을 고추밭이라고 한다면 나는 과연 몇 근이나 수확할 수 있을까.

농사를 짓다보면 해충을 입고, 태풍에 비닐하우스가 무너지는 일이 다반사로 일어난다. 그러나 농부들은 한 해 농사를 망쳐도 다음 해 농사를 잘 지으면 된다는 희망으로 인생을 산다. 그래서 농부들이야말로 인내심이 가장 강한 사람이라는 말이 있는가 보다. 올 한 해 수확이 시원치 않더라도 농부처럼 인내심을 갖고 다음 해 농사를 준비하다 보면 풍년이 드는 해도 있을 것이다.

인생 후반전, 풍년을 기약하는 마음으로 희망의 씨앗을 뿌린다. 씨앗을 계속 뿌리다 보면 어느 순간 열매가 맺을 것이라는 희망으로.

1.

사업에 실패한 김 사장님께,

"사업에서 실패했다고 세상을 원망하진 마세요. 누구나 실패를 한답니다. 하는 일마다 성공한다면, 성공이 지금처럼 가치 있지는 않을 겁니다. 성공은 실패의 채 1퍼센트도 되지 않아요. 그래도 사람들은 그 1퍼센트 갖고도 이 정도로 멋진 세상을 만들었습니다. 새로운 사업의 씨앗을 뿌리세요. 새로운 성공의 씨앗을요."

2.

실연의 아픔에 슬퍼하는 후배에게,

“상처가 아물기 전까지는 자꾸 상처를 들여다보지 마. 다른 일에 집중해 살다보면 상처에는 어느새 새살이 돋아 있을 거야. 시간이 흐르고 실연의 아픔은 곧 잊힐 거야. 너무 아파하지는 마라. 새로운 인연이 곧 나타날 테니까.”

스물일곱번째 날‥

결과라고 부르는 것이 시작이다

최근에 새로운 책을 준비하느라 일본으로 여행을 간 적이 있다. 일본 나고야 시에 있는 토요타산업기술기념관에서 나는 느닷없이 문익점을 만나게 됐다.

문익점은 고려 공민왕 때 중국에서 목화씨를 들여와 유명해진 사람이다. 그가 온갖 노력 끝에 목화를 들여와 10년 만에 한반도 전체에 보급했고, 이후 고려 백성들이 목화로 옷을 해 입는 등 큰 변화가 일어났다는 것은 잘 알려진 사실이다.

그런데 이 목화씨가 임진왜란 당시 일본으로 건너가 일본에까지 큰 변화를 일으켰다는 사실은 잘 알려지지 않은 이야기다. 조선 사람들이 목화씨로 솜옷을 해 입었던 것과 달리 일본 사람들은 목화씨를 재배해 선박의 돛을 만들거나 화승총의 원료로 사용했다. 결국 문익점이 들여온 목화씨가 조선에서는 옷이라는 결과를, 일본에서는 조선 침략이라는 결과를 낳은 것이다.

재미있는 것은 우리나라보다 먼저 개항을 한 일본은 방직기술이 급속도로 발전했는데, 대표적인 회사로 토요타자동직기주식회사가 있다. 이 회사의 창업자인 도요타 사치키는 자동직기를 개발해, 그 특허권을 영국방직회사에 팔아 100만 엔을 마련했다고 한다. 이 돈이 훗날 토요타자동차를 설립하는 종자돈이 된 것이다.

문익점이 들여온 목화씨 하나가 세계를 움직이는 자동차 회사를 만든 밑거름이 됐다니 전율할 놀라움이 나를 뒤덮었다.

'죽는 날까지 함께 해야 할 오래된 지혜' 라는 글에서 '우리가 결과라고 부르는 것은 시작이다' 라는 글을 본 적이 있다. 모든 결과에는 원인이 있다는 것이다. 오늘 내가 한 작은 일이 어떤 결과를 가져올지는 아무도 모르는 것이다. 서민들이 따뜻한 옷을 입기를 바라며 문익점이 들여온 목화씨는 작은 시작에 불과했다. 그러나 이 작은 씨 하나가 세상을 바꾸는 결과를 만들었다.

일본에서 문익점의 목화씨가 가져온 놀라운 결과를 보며 매순간 소중한 것을 놓치지 않고 살고 싶다는 생각을 했다. 내가 행한 작은 실천이 세상을 바꾸는 시작이라는 걸 먼 이국에서 깨닫게 되었다.

지금 용기를 내보자.
지금 못하면 영원히 기회를 놓칠 수 있다.
더는 망설이지 말자.
자칫하다간 두고두고 후회하게 된다.

스물여덟번째 날‥

상처, 아픔, 그리고 인생

"차 사고를 냈어요……."

수화기 너머 울먹이는 아내 목소리에 놀라 바로 사고현장으로 달려갔다. 아내가 복잡한 출근길에 차 사고를 냈다는 전화였다. 급히 달려가 보니 다행히 자동차 왼쪽만 움푹 파이고 긁혔을 뿐 아내는 큰 상처는 입지 않았다. 크게 다치지 않아서 다행이다 싶었다. 그리고 오히려

나한테 미안하다고 말하는 아내가 고마웠다.

“정비소에 가서 쭈그러진 데를 펴면 언제 그랬냐 싶게 원상 복구 되겠지. 걱정하지 마.”

사고가 난 후 페인트 칠만 한 채로도 자동차는 잘 굴러갔다. 거래처로, 회사로, 친구와의 약속장소로, 장례식장으로, 그리고 가끔 부모님 계신 집으로. 3년 만에 12만 킬로미터를 달릴 정도로 멀쩡하게 잘 달렸다.

빗물에 부식까지 돼서 지금은 수리했지만, 한동안 차의 옆구리를 볼 때면 나는 아내가 큰 사고라도 났었다면 얼마나 끔찍했을까, 하고 생각해본다. 자동차 안이 왜 이렇게 지저분해, 잔소리 하는 아내가 내 곁에 있어서 한없이 감사하다.

고속도로를 지나다 보면 자동차 구겨진 곳만 펴주는 행상들이 있다. 이른바 ‘자동차 상처 전문’ 행상으로 외형을 그대로 복원해주고 도색도 해준다고 광고하는 곳들이다. 이곳에서 자동차를 고치면 새 자동차처럼은 아니지만 거의 원형에 비슷하게 나온다. 고속도로에서 차를 고치며 내 자동차가 인생과 흡사하다는 생각을 해 봤다.

상처를 입었어도 잘 달리는 자동차처럼…

인생의 상처와 흉터를 안고 있는 나도 계속 의연히 달릴 수 있기를...

인생은 자동차처럼 완전무결하게 태어나 조금씩 긁히고 상처 입고 찌그러지는 아픔을 겪는 게 아닐까. 때로는 상처 입은 채 돌아다니기도 하고, 울퉁불퉁한 길도 끝내 달리는 것이 인생과 닮았음을 깨닫는다.

앞으로 살며 나는 어떤 상처를 맞이하게 될까? 나는 지금 어떤 상처를 껴안은 채 살고 있을까?

자동차처럼 인생도 상처투성이지만 때로는 치료를 받고, 때로는 스스로 치유하면서 살아간다. 과거의 상처는 현재의 나를 단련시키고 더 나은 인생을 살아갈 수 있도록 풀무질해주는 원동력이 된다.

조금 부족하게 살기

"정신을 맑게 하려면 덜 먹어 봐. 늘 많이 먹어서 탈이 나는 거야."

위가 더부룩해서 찾아간 내과에서는 내게 스트레스성 위염이라는 진단을 내렸다. 겉으로는 안 드러나도 속은 아팠던 것인지, 그 길로 정신과 의사인 친구를 찾아갔다. 그 친구는 치료약 대신 내게 이렇게 충고를 건넸다. 덜 먹고 너무 욕심껏 하려고만 들지 말라고.

사회생활을 하다보면 이런 저런 이유로 외식을 하게 되는 경우가 많다. 주로 삼겹살에 소주나 돼지 갈비에 백세주를 걸치며 하루를 마감하는 것이다. 기름진 음식과 술을 많이 먹다 보니 늘 속이 더부룩하고, 다음날 몸이 천근만근이 된다. 옛날에는 배가 인격이라고 했지만, 현대에서 뱃살은 성인병의 원인이 된다. 뱃살이 나오면 그때부터는 영락없이 아저씨 몸이 된다. 너무 욕심껏 채우려고 하다 보니 우울한 인생이 되는 것이다.

"더 살긴? 욕이야, 욕!"

호형호제하던 선배가 갑자기 쓰러졌다는 연락을 받고 병원에 갔을 때, 그는 이미 죽음을 준비하고 있었다. 그는 고생 끝에 모은 큰돈을 모두 사회에 환원하기로 유언을 남겼다고 했다. 죽음 앞에서도 그는 즐거운 표정으로 우리를 맞았다. 그의 병실에는 쾌유를 비는 많은 학생들이 찾아왔다. 병문안이 아니라 팔순 잔치라도 벌인 듯 초등학생부터 대학생까지 다양한 손님들로 북적거렸다. '조금 더 사셔야죠' 라고 눈물을 글썽이는 이들 대부분이 그에게 도움을 받았던 사람들이라고 한다.

그를 보면서 나는 진정한 행복에 대해 다시 생각하게 되었다. 사회적으로도 크게 성공했던 그는 8년째 늘 같은 잠바를 입고 다니는 것으로도 유명했다. 우리 사무실에 놀러온 그를 보고 철없는 경리 아가씨가 들여보내기를 꺼려했을 정도로 옷차림에 신경쓰지 않았다. 또 하나 외식을 안 하기로 유명하였다. 먹는 것도 늘 반찬 두세 가지에 밥 한 그릇. 자식들이 애원해도 외식을 절대 못하게 했던 사람. 늘 자신은 부족하게 대접했던 사람. 그는 가난한 사람들을 친자식처럼 돌보고 그렇게 우리 곁을 떠나갔다.

'인생은 짧다.' 우리는 생이 짧음을 이렇게 정리하곤 한다. 그러나 수치상으로 오래 살지는 못해도, 살아가는 방식에 따라 어떤 사람의 인생은 길어질 수도 있다. 마음속에 그의 삶이 오래도록 남아 있는 것이다. 우리가 100년을 산다고 해도 날짜로 따지면 36,500일에 불과하다. 누구나 자신만 행복하게 살려고 한다면, 행복은 짧을 수밖에 없다. 자신이 행복해지는 삶만 산 사람은 자신의 인생만큼만 살고 끝나지만 다른 사람을 행복하게 한 사람은 자신의 인생에 자기가 도와준 사람의 인생까지 합쳐 두 배의 인생을 산 것이다. 그런 인생은 긴 여운을 남길게 분명하다.

"길지 않은 인생, 나 때문에 행복해진 사람이 있다면 얼마나 좋아."

조금 부족하게 사는 것은 생각 외로 쉽지 않다.

풍요로운 삶에 익숙해져 있기 때문일 것이다.

작은 나눔을 실천해보자.

나누는 삶은 정말이지 대단한 일 아닌가.

서른번째 날…

히말라야를 넘는 기러기처럼

"세 번 실패를 했지만, 기러기들은 끝내 히말라야 산맥을 넘습니다."

「지구」라는 다큐멘터리 영화를 본 적이 있다. 영화에 나오는 인도 기러기는 겨울이 되면 태양을 따라 생명의 땅을 찾아 나선다. 그들은 무려 8,000미터가 넘는 히말라야 산맥을 넘어 남쪽 땅으로 날아간다고 한다.

먹잇감을 찾아 따뜻한 남쪽으로 날아가야만 하는 기러기 떼는 히말라야의 거대한 산릉에서 불어오는 폭풍에 부딪쳐 몇 번을 되돌아섰다. 그리고 마침내 산 능선의 옆을 타고 넘는 비행에 성공한 새떼들은 순식간에 군무를 하듯 하나 둘 히말라야 산을 넘고 있었다.

우리는 히말라야를 넘어야 하는 기러기처럼 인생에서 험난한 산맥을 넘어야 할 때가 있다. 도중에 길을 잃고 헤매거나 거친 풍파에 날개가 꺾여 추락할 위험에 처하기도 한다. 승진에서 '미역국'을 먹거나 준비하고 있던 고시시험에서 낙방하거나, 갑작스럽게 해고통지를 받기도 하고…….

그러나 어쩌면 인생이란 계속 역경에 부딪히고 넘고를 반복하는 과정인지도 모른다.

올해 초 나는 오랜 직장생활을 정리하고 작은 연구소를 만들었다. 일종의 자영업에 뛰어든 것이다. 앞으로 내가 잘해낼 수 있을까? 내게는 가족이 있는데…….

가장 힘든 것은 '포기하려는 나'와의 싸움이었다. '이제는 한계다'라는 생각은 때로는 에베레스트 산보다 더 높은 장벽으로 느껴지기도 했다. 이런 나를 보며 아내가 한마디를 건넸다.

"당신은 당신이 생각하는 것 이상으로 해낼 수 있어!"

아내의 말은 내게 크나큰 용기와 힘을 주었다. 또한 역경이라는 험한 산을 같이 넘어줄 동반자가 있음에 감사한 생각이 들었다. 히말라야를 넘는 기러기들도 앞장서서 길을 알려주고 옆에서 같이 움직이는 동료들이 있기에 그 험한 산을 넘을 수 있을 것이라는 생각이 들었다.

우리가 부딪히는 역경은 언덕처럼 낮을 수도 입이 다물어지지 않을 정도로 큰 산일 수도 있다. 그러나 옆에서 같이 넘어줄 든든한 동반자가 있다면 아무리 큰 역경도 결국엔 넘어설 수 있지 않을까.

"당신은 당신이 생각하는 것 이상으로 해낼 수 있습니다!"

4

....

내 인생 후반전에는

그리고 다음날 ··

인생 후반전을 준비한다는 것

"저 벌레들은 다 뭐예요?"

한 여름에 휴가차 간 시골에서 논길을 걸을 때, 딸아이가 움푹 팬 곳을 가리키며 내게 물었다. 경운기가 지나갔는지, 바퀴 자국이 선명히 난 곳에 물이 고여 웅덩이가 생겼다. 그 속에 자그마한 장구벌레들이 바글바글 들끓고 있었다.

해가 떠오르자 뜨거운 빛이 웅덩이를 내려 쪼이고 있었고, 조그마한 웅덩이의 물은 시간이 갈수록 점차 줄어들고 있었다. 태양이 웅덩이의 물을 다 말려버리면 그들 중 어느 누구도 살아남지 못할 게 분명했지만, 장구벌레가 그것을 알 턱없었다.

자신이 사는 웅덩이를 세상의 전부로 알고 살아가는 장구벌레의 삶. 우리의 인생도 장구벌레의 삶과 매우 닮아 있다는 깨달음이 들었다. 우리도 지금 몸담고 있는 세계를 중심으로만 살아간다. 생각해 보면, 너무나 많은 사람들이 장구벌레처럼 미래를 내다보지 못한 채 인생을 살곤 한다. 자신을 돌아볼 기회만 있었더라도 얼마든지 조금 더 나은 미래를 준비할 수 있을 텐데…….

나 역시 곧 말라버릴 웅덩이 속에서 살면서도 깨닫지 못하고 있는 것은 아닌지……. 자칫 안주하고 있다간 나도 웅덩이 속의 장구벌레처럼 되는 게 아닌지. 나는 앞으로의 인생에 대해 과연 든든한 대책을 세우고 있는 걸까? 나는 얼마나 노후대책을 준비하고 있는가? 그렇게 좀더 냉정하게 자신을 돌아다보았다.

요즘 친구들을 만나면 아이들이 대학을 들어갈 때까지 10년은 더 돈을 벌어야 하는데 직장생활을 얼마나 더 할 수 있을까라는 걱정들을 많이 한다. 그런 생각을 하면 잠도 잘 오지 않는다고 한다. 그동안 열심히 살았다고 생각했는데 정작 손에 쥔 것은 별로 없다. 그냥 다람쥐 쳇바퀴 돌 듯 바쁘게 제자리에서 움직인 것이다.

아버지가 되고 나서야 미래를 준비한다는 것이 무엇인지 알 것 같다. 내가 내딛는 한 걸음 한 걸음에 내 아이들의 삶이 바뀔 수도 있다는 것과 아이들의 미래가 내 양어깨에 걸려 있음을. 더 늦기 전에 내가 꿈꿨던 미래의 삶을 준비해 나가야겠다는 생각이 들었다. 주변의 흐름에 흔들리지 않도록 박달나무처럼 단단하게 뿌리를 박아야 한다. 그래야 휩쓸리고, 떠밀리지 않는 삶을 살게 될 테니까.

나의 미래는
지금 내가 무엇을 생각하고
무엇을 하고 있느냐에 따라 달라집니다.
나의 미래는 나의 미래가 결정짓는 게 아니라
나의 오늘이 결정짓습니다.

…『내 인생에 힘이 되어준 한마디』(정호승) 중에서

가장 소중한 감동은 가족이다

“어느 해 겨울에 고구마를 사려고 어떤 군고구마 장수에게 다가갔습니다. 그 군고구마 장수는 심한 장애를 갖고 있는, 몸이 불편한 사람이었죠. 한 아이가 그 군고구마 장수에게 다가오더니 ‘아빠 몸도 안 좋으신데 이만 들어가세요, 제가 대신 일하고 들어갈게요.’ 라고 말하는 것이었습니다.

아이가 너무 기특해 저는 ‘혹시 학교에서 필요한 책 없니? 이 아저씨가 서점을 하나 운영하는데 좋은 책을 선물하고 싶구나.' 하고 물었습니다. 그런데 그 아이는 아무런 책도 필요하지 않다더군요.

'저는 하루에 한 번씩 이 세상에서 가장 감동 깊은 책을 읽고 있는걸요. 전, 이 세상에 그 어떤 아름다운 이야기보다 몸도 불편하신 아버지가 손수 수성 펜으로 삐뚤삐뚤 써 놓으신 군고구마 4개 2천원, 이라는 문구가 세상에서 가장 감동 깊어요. 저 글씨 안에는 가족들을 사랑하는 마음과 아무리 자신의 몸이 힘들어도 끝까지 포기하지 않겠다는 의미가 있는 거잖아요. 저는 아버지의 저 글씨를 보며 가족을 사랑하는 아버지의 마음을 느낄 수 있어요.' 라고 대답하더군요."

한 지인이 선물한 『세븐데이즈』라는 책에서 '세상에서 가장 깊은 감동' 이라는 글을 보면서 남자인데도 불구하고 순간 나는 눈물이 울컥했다.

일상에서 발견하는 작은 행복 하나가 그 어느 때보다 큰 힘이 되는 요즘이다. 가장 소중한 것은 언제나 곁에 있는 평범한 것들이라는 사실을 새삼 깨닫는다. 특히 가족, 연인, 이웃 등 항상 함께해주는 이들은 삶을 지탱해주는 버팀목이 된다. 비바람 치면 붙잡아 줄 수 있는 안식처이다.

"만일 가족이 과일이라면, 그것은 오렌지와 같을 것이다. 부분들이 하나의 원을 이루지만 나뉠 수 있는. 가족이 배라면, 그것은 카누와 같을 것이다. 모든 사람이 젖지 않으면 나아갈 수 없을 테니까. 가족이 스포츠라면, 그것은 야구 경기와 같을 것이다. 길고 느리고 격렬하지 않은 게임이지만, 마지막 선수가 아웃될 때까지 결코 끝나지 않는. 만일 가족이 건물이라면 그것은 오래되었지만 견고한 구조물과 같을 것이다."

「미즈매거진」 창간인인 레티 코틴 포그레빈은 가족에 대해 이렇게 정의를 내린다. 밖에서 아픈 것도, 서글픈 것도, 섭섭한 것도, 화나는 것도 가정에 들어오면 작은 목소리, 발랄한 아이들의 노랫소리에 저절로 녹아 없어져 버리고 만다. 늘 힘의 원천이 되는 가족, 그것이 있기에 아버지는 언제나 힘을 내는 것 아닐까.

가족에게 평소 망설이다가 끝내 꺼내지 못한 이야기, 마음에 담아둔 감사의 인사를 지금 꺼내보는 것은 어떨까.

'정말 고맙다', '너무 감사하다'.

아이들에 대한 사랑의 말, 아내에 대한 사랑과 감사의 말, 동료들에 대한 감사와 파이팅의 말 등을 마음에 두지만 말고 표현해주면 얼마나 좋아하겠는가.

인생의 우여곡절을 아는 나이가 되니 표현의 소중함을 새삼 느낀다. 살아가며 겪게 되는 감정들은 마치 장을 담그는 것처럼 사람을 깊이 있게 만드는 과정이라는 것을 알게 된다. 따뜻한 말 한마디에 삶을 지탱할 힘을 얻는다.

어젯밤은 잘 잤다.
나의 불행도 잠이 들었으니까.
아마도 불행은 침대 밑 깔개 위에서
웅크리고 밤을 지낸 것 같다.
나는 그보다 먼저 일어났다.
그래서 잠시 동안 형언할 수 없는 행복을 맛보았다.

… 『짧은 글 긴 침묵』(미셸 투르니에) 중에서 '행복하게 눈뜨기'

인생의 쓴 맛을 느낄 때

오래전 시골집에서는 가을이 되면 어머니는 감을 따서 깎고 볕에 말렸다. 그러면 감 안에서 진액이 나와 서리처럼 뽀얀 분이 쌓이는 과정을 거듭해 단맛 나는 곶감이 된다. 덜 익어 떫은 감 맛이 나던 것이 자신을 깎아내는 인고를 통해 단맛을 지니게 된다. 곶감은 단맛이 만들어지기까지 이렇게 수많은 과정을 거치는 것이다.

"처음에는 떤 맛이 나는 감이지만 감의 쓴 맛은 결코 쓰지만은 않다."

바람과 햇빛 아래 시달리는 인고의 시간을 거쳐야 곶감이 되는 것처럼 사람도 고생을 하고 쓴 맛을 봐야 인생의 결실을 맺는다는 것을 어머니는 어떻게 아셨던 걸까. 지금 인생이 쓰고 떫고 덜 익었더라도 나중에는 달콤한 곶감이 될 수도 있고, 잘 익은 홍시가 될 수도 있다는 것을 나는 최근에야 알게 됐다.

어느 날 대기업을 다니는 친구 회사에 대해 충격적인 소문을 들었다.

"그 회사 말이죠. 감원 준비 중이라고 하던데? 연봉 많은 장기 근무자들부터 해고한다는 소문이야. 1억 정도 주며 명퇴시킨다고 내부에서는 술렁거리는 모양인데. 나이 든 사람들은 요즘 줄담배 핀다고 하더라고……."

얼마 전에 승진했다며 승진 턱을 냈던 친구 생각이 났다. 앞으로는 탄탄대로만 남아 있다고 어깨에 힘을 주고 자랑을 늘어놓던 그 친구는 지금 심정이 어떨까.

퇴근길, 넥타이를 풀며 지난 15년간의 직장생활을 돌이켜 보았다. 남이 뭐라 하든 열심히 일하면 네 식구 정도는 먹어 살리는데 문제없을 거라고 생각해 왔는데 왜 점점 더 초조해지는 걸까?

"그룹 예산을 총괄하는 위치로 승진했을 때는 좋았지. 회사에서 드디어 인정받은 거 같았고 임원들도 나한테 함부로 하지 못했거든. 그 많은 돈을 움직이니 내가 대단한 사람이 된 것 같았어. 그런데 불과 몇 달 사이에 그 자리가 명퇴 1순위로 바뀌어 있더군."

넥타이를 풀어 제키고 퇴근길에 만나 친구는 나중에 은퇴하면 무얼 할까, 생각만 해도 스트레스가 쌓인다고 했다.

"옛날에는 회사에서 경쟁이나, 줄서기에 신경을 곤두 세웠는데 요즘은 전혀 신경 안 쓰고 있어. 그러고 나니까 마음이 홀가분해지더군. 주말에는 세계재난구호회라고 NGO 활동을 돕고 있는데 어려운 사람들에게 도움을 준다는 생각에 보람이 생기더군. 삶에도 의욕이 생겨. 자네도 사회활동을 해봐. 동호회도 좋고. 인생에 회사만 있는 건 아니더라고."

경쟁에서 벗어나 세상을 보면 세상은 조금은 달리 보인다, 라고 말하는 친구의 얼굴이 편안해보였다. 떫고 힘들었을 경험을 통해 친구는 한층 성숙해 있었다.

즐거운 일이 있으면 그것을 마냥 즐기는 거다.
괴로운 일이 생기면 그것마저도 즐기는 거다.
그리고 틈틈이 행복한 시간을 창조 해내는 거다.
갓 끓여낸 커피의 첫 모금에서
더없는 행복감을 맛보고,
봄바람, 여름비, 가을단풍, 첫눈에서도
나만의 행복한 시간을 만들어내는 거다.

... 『못생긴 나무가 산을 지킨다』(고도원) 중에서

인 생 의 해돋이

새해 초, 해돋이를 보러 태백산을 갔다가 소원을 적어서 기원하는 사람을 만났다. 자영업을 새로 시작했다는 그는 떠오르는 해를 향해 소주 한 잔을 따라놓고 계속 주문처럼 소원을 반복해서 말하고 있었다.

'다시 일어서야 한다.'

회사를 그만두고 시작했던 일이 잘 안 돼 이번에 은행에서 집을 담보로 융자받아 시작한다던 그. 새해 태백산 정상 천재단에는 고2 아들과 함께 올라온 중년의 남성과 취직을 준비한다는 대학생 등 새해 소원을 빌기 위해 힘들게 올라온 사람들로 분주했다.

살다보면 속상한 일들이 종종 생긴다. 하는 일이 생각처럼 안 돼 속상하기도 하고, 어렵사리 조금씩 모은 재산을 잘못 투자해 잃어버리고 마음 아파하고, 동기보다 잘 나가지 못해 자존심 상하기도 한다. 새해마다 사람들은 올해에는 속상한 일이 생기지 말라고 이렇게 해돋이를 보며 비는 것이다. 어둠을 뚫고 오르는 저 해처럼 인생에도 밝은 해가 뜨기를.

나는 7~8년간 가장으로서 조금은 무책임하게 보냈다. 생활의 부침이 컸던 탓에 세 번이나 이사를 다녀야 했다. 한번은 집을 장만해서 이사했고, 다른 한번은 하던 사업을 정리하면서 집을 줄여 이사 했고, 다음으로는 직장도 가깝고 애들 학교가 마땅한 곳을 찾아 집을 옮겼다.

그런데 얼마 전 나는 또 한 번의 큰 고비를 맞이했다. 회사를 나와 작은 연구소를 차리면서 나는 온실의 보호막에서 메뚜기와 엉겅퀴 밖에 없는 광야로 나가는 느낌이 들었다. 권투도 모르는 사람이 글러브를 끼고 링 위에 오른 느낌이 이럴까. 혼자 불행을 겹겹이 껴입고 사는 것처럼 우울해하다가 무가지 신문에 실린 오늘의 운세를 읽고는 생각이 희망을 만든다는 생각에 미소지었다.

'어려움이 있어도 희망이 보인다.'

석양을 향해 항해하는 돛단배처럼 인생의 후반을 향해 달려가는 나이, 금방 인생이 끝나버릴 것처럼 초조함에 휩싸이곤 하지만 우리에겐 희망이 있다.

크고 원대한 꿈만 쫓던 어린 시절에는 내 인생에 밤이 없을 줄로만 알았다. 그러나 인생에는 별빛만 겨우 비치는 밤과 컴컴한 새벽도 있다는 것을 나이를 먹고서야 알게 됐다. 삶의 고단함을 알면서 희망도 알게 됐다.

인생이란 잽의 연속타

무하마드 알리와 록키 마르시아노의 공통점은?

권투를 잘 모르는 사람이라도 무하마드 알리와 록키 마르시아노는 알 것이다. 두 사람 모두 다 세계를 제패한 복서로 잘 알려져 있다. 49전 49승(43KO)의 성적을 자랑하는 록키 마르시아노는 무패의 세계 챔피언이며, 61전 56승(37KO)알리 역시 무적의 핵주먹으로 유명하다. 또 하나 공통점은 두 사람 모두 잽으로 챔피언이 됐다는 것이다.

유능한 복서는 잽으로 세계를 제패했다. 알리가 그랬고, 타이틀을 오래 지킨 복서들이 그랬다. 알리는 자신이 역경 끝에 정상에 오를 수 있었던 것은 잽 덕분이었다고 말한다.

그런데 잽은 백만 번 정도 날려야 마침내 위력을 발휘한다. 몇 번 날리는 잽으로는 KO 당하기 십상이다. 인생도 권투경기와 비슷함을 깨닫게 된다.

주먹 한 방이 게임의 승부를 결정한다고, 사람들은 인생은 한 방이라고 생각한다. 나 역시 회사에 들어가서는 누구나 금방 임원이 되고 사장이 될 줄 알았다. 사업을 하면 돈을 많이 버는 CEO가 될 거라 꿈을 꾸었다. 그러나 인생은 자신의 뜻과 다르게 흘러가는 경우가 다반사인 것을.

하루아침에 되는 것은 아무것도 없다는 것을 이제는 안다. 권투 경기에서 상대를 쓰러뜨리는 한 방은 여러 번의 잽을 날린 결과임을.

우직하고 미련하고 수완 없다고 생각하는 사람들이 오히려 성공하고 잘 사는 경우가 있다. 하루하루 쌓인 노력과 정성이 그들을 정상에까지 올려놓는 것이다. 여전히 초심을 간직하고 있는 사람, 누가 그를 미련한 곰이라고만 말할 수 있을까?

매일 매일 가벼운 잽을 백만 번 이상 날리다 보면 골리앗도 나가떨어지게 되는 것을. 좋은 인간관계를 만드는 일에서부터, 매일매일 실력을 향상시키는 꾸준한 노력……. 그런 작은 노력이 나를 보다 나은 위치로 이끈다.

한 가지 일에 평생을 건 사람에게
오늘 일을 내일로 미루지 말라는 격언이 무의미하다.
그에게는 오늘이나 내일이 따로 없고
다만 '언제나'가 있을 뿐이기 때문이다.

… 『하악하악』(이외수) 중에서

그릇의 크기

오래 건강하게 사는 것의 일환으로 주말마다 등산을 하는데 1박2일 산행의 경우에는 밥을 해 먹으러 코펠이며 버너며, 끓이고 덥히는 도구들을 가져간다.

밥을 끓이러 코펠을 펼칠 때 포개어진 그릇들이 보일 때 불현듯, 큰 그릇이 작은 그릇을 담는다는 것을 깨닫게 된다.

내가 큰 그릇이 되어야 그 안에 작은 그릇들을 포개 넣을 수 있다.

나는 나보다 큰 그릇이라도 품어낼 수 있는 상사였던가? 내 작은 그릇에 다른 사람들을 억지로 껴 넣으려고 하지는 않았던가?

직원들의 사소한 실수에도 해고를 운운하며 부하들이 복종하는 것을 즐기는 상사가 있었다. 그는 직장을 일사분란하고, 명령과 실행만이 존재하는 곳으로 알았고 직원들은 쥐 죽은 듯이 조용히 일을 했다. 승승장구하는 것처럼 보이던 그는 결국 평판 문제로 회사를 그만두게 되었다고 한다.

"단지 나이를 먹는다는 것은 누구나 같지만, 진정한 의미에서 성숙한 사람은 아주 적은 숫자에 불과하다."

미국의 유명한 교육학자 도로시 카네기의 말이다. 마냥 젊고 잘나갈 것만 같아 보이던 시절이 있었다. 욕심만 앞서서 다른 사람을 담을 수 없었다. 내가 다른 사람의 크기를 키울 수는 없어도 나의 크기는 키울 수 있겠다는 생각을 불혹이 넘어서야 하게 된다.

불을 지피는 버너의 경우 작은 용량이라도 강력한 화력을 뿜어내는 것일수록 비싸다. 최대한 효율성을 내기 위해서는 화려한 외양이 아니라 내실이 튼튼해야 한다. 우린 어떤 내실을 갖추고 있는가.

마 음 만 은
여유롭게

목욕을 하다가 거울을 보니 아랫배가 볼록 나와 있고, 피부가 윤기를 잃어 거칠어 보이는 것을 느낀다. 사람의 몸은 현재 그 사람이 어떤 삶을 살고 있는지를 보여주는 거울이다. 타고난 체형이야 어쩔 수 없지만, 자신의 노력으로 외양까지 멋지게 가꾼 사람들을 보면, 열심히 사는 사람이라는 인상을 준다.

사회적으로 각고의 노력 끝에 자기 분야에서 일가견을 이루고, 인격적으로 완성되기도 한 사람이 차림새까지 잘 갖추었다면, 누가 보아도 멋지다. 때문에 우리는 멋진 몸을 만들기 위해 많은 노력을 기울인다.

"멋지군! 잘빠졌네."

나이 든 어른들은 남자건 여자건 태가 좋아야 한다는 말을 하곤 하신다. 그러나 몸의 태보다 중요한 것이 마음의 태라고 어른들은 강조한다.

때문에 윤회사상을 믿는 인도에서는 마음 수양을 강조한다. 인도의 신화 중에는 '차크라' 에 대한 이야기가 있다. 윤회 사상을 믿는 차크라에 따르면 전생에 개미였거나 닭, 지렁이 같은 미물로 살다가 선업善業을 쌓으면 현생에서는 사람으로 태어날 수 있다고 한다. 처음 인간으로 태어났을 때는 아직 육욕에서 나지 못하지만 사람으로 환생을 거듭해 세 번째 사람으로 태어났을 때 진정한 인간이 된다는 것이다. 이 이야기를 들으면서 나는 몇 번째 환생을 살고 있는 것일까 생각해봤다. 나는 다음 생을 위해 선업을 쌓고 있는 것일까? 나보다 불행한 위치에 있는 사람을 보면 '괜찮다, 나는 아직은 괜찮다' 라고 안도하는 자신에 놀라곤 한다. 나이를 먹을수록 다른 사람의 불행에는 둔감해지고 내 아픔에만 너무 민감하게 반응하는 것은 아닐까?

퇴근길에 복잡한 전철 안에서 껌을 파는 한 노인을 보았다. 몸의 부피가 줄고 줄어 한 움큼 밖에 되지 않을 것 같은 노인은 몸에 걸려 있는 피부가 망가진 자전거 체인처럼 늘어져 있었다. 작은 곽 안에 껌을 들고 팔기 위해 돌아다니는 노인에게도 멋진 뒤태를 자랑하던 시절이 있었을 텐데. 노인이 내리고 나서야 '껌이라도 한 통 팔아줄 것을' 하고 후회했다.

얼마 후, 무의탁 노인들을 돌보고 있는 모 종교단체로 봉사활동을 갔다. 초췌한 얼굴로 우리를 반갑게 맞이해 주는 노인들의 손을 따뜻하게 잡아주었다. 지금의 나처럼 내 노년에도 이렇게 손을 잡아주는 사람이 있지 않겠는가.

아버지가 들려주는 39가지 삶의 지혜

1. 늘 희망을 이야기하라

속삭여라. 희망은 속삭이는 것만으로도 큰 위안이 된다. 크고 우렁찬 나팔소리만 좋은 것이 아니다. 나의 내면에 대고 봄 눈 녹는 물처럼 졸졸졸 희망을 속삭여라. 아이들 귀에 대고 속삭이듯 세상의 희망을 이야기하라. 병실에 누워 있는 환자의 손을 잡고 희망을 얘기하며 따뜻한 인사말을 건네라. 세상은 지금보다 훨씬 나아질 것이다. 베갯머리에서 아이들에게 자장가를 들려주거나, 책을 읽어줄 수 있다면 그것만으로도 행복한 삶이다.

2. 작은 일을 시작하라

생활 속의 작은 시작을 하라. 우리는 작은 시작을 통해 개인적으로도 성숙하고, 이 사회를 얼마든지 발전적인 방향으로 이끌어갈 수 있다. 작은 시작은 나를 바꾸고 세상을 바꾼다. 작은 실천의 소중함을 기억하라. 일상에서 시작하는 작은 실천은 세상을 보다 살맛나는 곳으로 만들어줄 것이다. 오늘 시작하면 내일보다 나아진 나를 만날 수 있다. 그것이 오늘이 내게 말하는 바다.

3. 상처에서 배워라

세상살이는 상처를 입는 과정과 같다. 상처 없이 이루어진 것 없듯,

나를 이루는 과정 또한 상처와 함께 한다. 한번 난 상처는 아문 듯 하지만, 우리는 계속 상처를 덧나게 하며 살고 있다. 상처를 아물게 하려면, 상처 입은 짐승들처럼 서로의 상흔을 핥으며 치유해 가야 한다. 어떤 상처는 아픔만이 아닌 그것을 극복하는 과정에서 따뜻한 흔적을 남긴다. 삶은 상처를 견뎌내는 것이다. 그러니 상처 앞에서 의연하고, 상처를 보듬어주며, 남의 상처를 핥아주면서 살아가자.

4. 조금 더 성숙해져라

세계적인 자기계발 전문가 데일 카네기의 아내 도로시 카네기는 성숙한 삶을 살아가기 위해 다음의 세 가지 해법을 제시하고 있다. 첫째는 고독에 몸을 맡기고 자신과 친해지는 것이다. 고독의 시간은 자기 존재, 생활, 신념이나 행동을 정립하는 데 가장 큰 힘이 된다. 두 번째로는, 습관의 껍데기를 벗어버리는 것이다. 그러기 위해선 자기 노력이 뒤따라야 하며 그럴 때 의미 있는 삶에 한층 다가설 수 있다. 마지막으론, 삶의 순간순간을 감격으로 맞이하는 것이다. 감격이야말로 자신을 뒤덮고 있는 허례허식을 벗고 삶의 즐거움을 맛보는 것이다. 자신을 뛰어넘고, 이전의 자기를 갱신하는 노력을 매일 반복적으로 하고 있는가? 고독의 시간을 가지며 순간의 감격과 즐거움을 누리고 있는가? 매일 매일 자신을 점검해보자.

5. 지는 법을 배워라

살다보면 우리는 자신의 뜻대로 모든 것을 하고 싶어 몸살이 날 지경이다. 남과 비교해 자신이 더 낫다고 인정받고 싶어 하고, 승리를 얻어야만 흡족해 한다. 그러나 작은 성취를 얻어도 얼마든지 만족하고 행복해질 수 있다. 경쟁에서 다 이기려고 하는 것만큼 무지한 자세는 없다. 이것을 알면 우리는 훨씬 행복해질 것이다.

6. 심신을 갈고 닦아라

나이가 들면서 그에 맞는 성숙도를 갖추어야 한다. 나이가 든다는 것은 인생 관점에 깊이가 생기며, 정신적으로 풍요로워진다는 걸 뜻한다. 젊어서는 보이지 않던 삶의 소중한 가치를 찾을 수 있게 된다. 그런 발견을 통해 자기를 단련시키고, 가장 깊숙한 내면의 가치를 깨닫게 된다. 작은 조약돌도 닦으면 닦을수록 삶의 가치가 더욱 빛나게 된다.

7. 여행을 떠나라

여행을 가라. 인생은 여행이다. 커다란 신비를 향하여 여행하면 할수록 우리는 자신에 대해 더 잘 알게 된다. 우리 자신이 건강한 전인全人이 되는 느낌을 갖게 된다. 먼 바다로 나가거나, 높은 산을 오를 때, 압

도적인 자연의 경관을 볼 때 내면에 숨죽이고 있던 인간의 본성도 깨어나게 된다. 그럼으로써 자신을 조망하게 된다. '모든 여행은 두려움을 주지만, 그 때문에 여행은 가치 있는 것' 이라는 카뮈의 말처럼 때때로 어디론가 떠나보자.

8. 다시 원점에서 출발하라

시인 T.S. 엘리엇은 "우리는 어디를 떠나도 결국에는 우리가 출발한 곳에 다시 도착한다. 그리하여 처음 본 것처럼 새롭게 인식하게 된다."고 말한다. 떠남으로서 우리는 자신도 몰랐던 자아를 발견하게 된다. 그것은 온갖 욕망에 둘러싸인 자신과 거리를 둠으로써, 새로운 자신을 알아나가는 과정이다. 깊이 있는 성숙에의 여행은 가장 큰 동반자가 된다. 미지의 세계로, 두려움이 넘실대는 곳으로 떠나 다시 제자리로 돌아와 보라. 분명히 달라져 있는 자신을 발견하게 될 것이다.

9. 도와주라

약해 보이는 사람을 막다른 골목으로 모는 것은 강한 게 아니다. 자신이 얼마나 덜 떨어진 사람인지를 증명하는 것이다. 어려움에 처한 사람을 사냥개가 토끼를 몰듯 하지 말고 그에게 삶의 출구를 마련해 주어라. 립 서비스가 아닌, 진심으로 나서서 도움을 줘라. 그가 내게까지 와서 부탁할 때에는 얼마나 다급했을 지를 헤아려 보라. 그대 또한 비슷한 경험이 있지 않은가.

10. 거절할 것과 수용할 것을 구분하라

사는 동안 우리는 많은 부탁을 하게 되고, 받기도 한다. 그것을 어떻게 처리할 것인지 골머리를 썩히기도 한다. 이럴 땐 어떻게 하는 게 좋을까. 만일 윤리나 도덕에 문제가 있고, 자기 신념이나 가치관과 다르다면 당연히 거절해야 한다. 자칫하다간 서로 불의의 구렁텅이로 빠져들 수 있기 때문이다. 우리는 자신을 보다 규율에 적합하도록 적응시킬 필요가 있다. 그것이 자아를 성숙시키는 한 방법이다. 얼마나 많은 사람들이 이 원칙을 지키지 못해 좌절하는가. 그들에게서 배워라, 무엇을 받아들이고, 거절할 것인지를.

11. 인생은 소음과 함께 하는 것

직장인이라면 다들 먹고 사는 직업이 있을 테고 어느 조직에든 속해 있을 것이다. 서로 다른 생각들, 관점을 조정하는 일은 결코 쉽지 않다. 노력한다고 하지만, 크고 작은 문제가 제기될 때마다, 조직은 물론이고, 인생 자체에 잡음이 발생하기도 한다. 인생은 서로 배려하고 조심하는 가운데 살아가는 것이다. 그럼에도 조직의 많은 구성원들은 왜 이걸 모를까. 자신의 소리를 내려고 하다가 얼마나 큰 소음을 일으키고 있는 것인지.

12. 내가 원하는 인생을 생각해보라

우리는 수많은 목표에 초점을 맞추고 있다. 돈을 벌어야 하고, 출세를 해야 하고, 명예를 얻어야 하고, 재능이 뛰어나야 하고, 그러다보니 자신이 무엇을 좋아하고, 꼭 해야 하는지 혼동하게 된다. 인생 관심사가 너무 많은 곳에 분포되어 있다. 인생은 주요한 부분에 초점을 맞춰 몰입해야 할 필요가 있다. 가치에 초점을 맞추다 보면 무엇에 우선순위를 두어야 할지 알게 될 것이다. 관심, 시간 투입, 노력 투여를 삶의 목표에 접근시켜야 한다. 단 하나의 나를 대표하는 무엇이 없다면 그땐 인생에 별로 남을 게 없을 것이다. 우리가 원하는 삶이 어떤 건지는 스스로 잘 알고 있지 않은가.

13. 내가 누군지 생각해보라

많은 사람들이 자신에 대해 정의를 내리지만, 엄밀히 따지면 그건 나의 일부일 뿐이지, 나를 전체적으로 대변하는 건 아니다. 마찬가지로 많은 사람들이 자기 생각이 곧 자기 자신이라고 생각하지만 이 두 개는 실은 별개다. 나는 전혀 다른 생각을 하기도 하고, 수많은 욕구에

균형잡힌 생각을 하지 못하기도 한다. 나와 나를 이루는 것들을 조화롭게 유지하는 게 진정한 자신을 찾는 길이다.

14. 내면의 목소리에 귀 기울여라

우리는 들뜬 소리에 열광하는 것이 아닌, 내면의 목소리에 진지하게 귀 기울일 줄 알아야 한다. 조용히 침착하게 들으면 진정한 자아가 들려주는 조언이 들린다. 내면의 목소리에 귀 기울이는 것은 자기 영혼과 대화하는 것이다. 그럼으로써 내면을 깊이 있게 성찰하고, 자신의 정체성을 확보해 나간다. 아무리 바쁘고 힘들어도 내면과 조용히 대면하는 시간마저 생략하지는 말자. 자칫하다간 자신이 생략된다.

15. 마음의 우환憂患을 떨쳐버려라

세상 살기가 각박하다. 우리나라뿐만 아닌, 전 세계가 경제위기에 직면해 그야말로 우환덩어리가 팽배하다. 『주역』은 "우憂는 닥쳐 올 재난을 근심하는 것이고, 환患은 지금 닥친 재난에 대해 걱정하는 것으로 그 둘을 합한 글자가 불안이다."고 말한다. 삶에 떠밀리고 풍랑을 만나 좌초하는 듯해도 닥쳐 올 재난을 근심하고 막아보고자 준비한다면 얼마든지 우환은 떨쳐버릴 수 있다. 어려울수록 깊게 뿌리를 내리고 파도가 쳐도 뽑혀나가지 않는 해초처럼 자신을 바로 세우자. 역경은 나를 크게 한다는 것을 잊지 말자.

16. 겸허히 받아들여라

우리를 둘러 싼 환경은 아무리 좋을지라도 시시각각 변하고 있다. 지금 잘 풀리고, 만족스러운 일일지라도 순간에 불과할 뿐이라는 것을 겸허히 받아들이자. 이를 알면 삶의 무게를 깨달을 수 있다. 인생을 대하는 숙연한 태도는 이런 것이다. 우리는 매일의 삶에서 보다 나아질 수 있다. 삶의 가장 힘든 순간에도 자신을 잃지 않고 극복해 가려면 보다 겸허한 자세가 요구된다. 역경을 이긴 끝에 자신까지 얻을 수 있다면 얼마나 좋을 것인가.

17. 뒷말은 하지 마라

"앞에서 할 수 없는 말은 뒤에서도 하지 마라."는 말만큼 옳은 말은 없다. 하지만 세상살이가 어디 그런가? 앞에서 얘기하려면 용기가 있어야 하고, 자칫하다간 화근이 되어 돌아오기도 한다. 오해가 생기기라도 한다면, 이거 괜한 애길 꺼냈구나 싶어 후회막급이다. 이럴 땐 어떻게 처신하는 게 좋을까? 앞에서 하지 못한 말은 뒷담화를 할 게 아니라, 잊어버리면 된다. 말을 삼키는 동안 내성은 더욱 강해지고, 사리분별력이 생기게 될 것이다. 그리고 깊이 생각한 말이 되어 나오면 훨씬 더 영향력 있다. 어려운 얘기일수록 참고 또 참아라. 숙성된 말은 반드시 나를 도와줄 터이니.

18. 말을 옮기지 마라

사회생활을 하다보면, 말이 잡초처럼 번성하는 것을 보게 된다. 말을 만들어내는 사람도 많고, 그 말을 퍼뜨리며 즐기는 사람도 많다. 말을 옮기는 것을 바이럴 마케팅이니 뭐니 해서 연구하고 선호하는 것도 어찌 보면 경박한 세태의 한 풍조라고 할 수 있다. 조직 내에서, 회사에서, 언론에서, 인터넷에서 만들어진 말들이 줄줄이 부풀려져 끝내 말이 사람을 잡아먹는 광경을 수시로 목격하게 된다. 보다 성숙한 자세로 삶을 대하려면 내가 말의 종착점이 되어야 한다. 내가 옮긴 말은 정당성을 잃고 부풀려지거나 줄여져 옮겨질게 분명하다. 그러니 말을 이처럼 옮기지 말고, 그 말이 자신의 운명을 다하도록 도와줘라.

19. 소처럼 천천히 가라

지금 우리 사회는 속도병에 걸려 있다. 누군가 내 옆을 '쌩' 하고 지나갈 때면 나만 뒤처지는 것 같아 불안해지고, 뭔가 놓치고 있는 것 같아 두려워진다. 마음도 편할 리가 없다. 인생은 단거리 달리기가 아니라 마라톤 경기라는 말이 있다. 마라톤에서는 자신의 페이스를 유지

하면서 계속 달려가는 것이 중요하다. 빨리 달리려고만 하면 빨리 지치게 되고, 급하게 서두를수록 장애물을 피하지 못할 수도 있기 때문이다. 긴 인생에서 진정한 승리를 얻으려면 소처럼 묵묵히 그리고 꾸준히 가라.

20. 작은 차이는 결코 사소하지 않다

화살이 시위를 떠날 때 채 1밀리미터만 벗어나도 과녁에선 100미터의 차이를 가져온다. GPS도 위성에서 1밀리미터만 달라져도 지상에선 18킬로미터의 차이를 가져온다. 우리는 종종 작은 것의 차이를 무시하곤 한다. 그러나 이 작은 차이가 인생 전체를 놓고 보면 두드러진 차이를 가져온다. 작은 차이가 누적되어 목표에 이르게 하고, 이것이 나를 성장케 한다. 가장 작은 일에 주목하는 것, 그것이 성공적인 삶의 비결 아닐까?

21. 한 걸음 더 내딛어라

우리는 목표가 크면 클수록 목표만을 쳐다보게 된다. 그걸 비전이라 부르기도 한다. 그러나 그건 그저 꿈꾸는 바람일 뿐이다. 이럴 때의 삶의 태도란 자기실현과도 거리가 멀다. 비전이란 내 앞의 한 걸음을 내딛음으로써 앞으로 나아가는 것이다. 그것 없이 어떠한 목표도 이룰 수 없다. 성공이란 아직은 요원해 보이더라도 첫걸음을 옮기는 것이며, 그 속에서 작은 목적을 얻고 감사하는 것이다. 가장 큰 성취는 이런 방식으로 이루어진다.

22. 말보다는 행동을 앞세워라

누구든 우리를 끝내 움직이는 것은 행동이다. 행동 없는 인생은 내면의 성찰과 자기 발전을 꾀하지 못한다. 나이가 들며 느끼는 책임의 가장 큰 부분은 행동으로 옮기고 실천하는 것이다. 어떤 성취든 행동을 취할 능력이 요구된다. 행동 없이 배우는 것은 경험다운 경험이 될 수 없고 나를 이끌 수도 없다. 굳건한 실천을 통해 내 자신의 의지를 표출해야만 한다. 그럴 때 인생 경험이 쌓이게 된다.

23. 인생의 슬로건을 만들어라

성공적인 삶에는 '대안' 과 '발견' 이 뒤따라야 한다. 대안적 인생을 설계하고 준비할 수 있도록 현재의 일상에서 핵심요인을 발굴해 내고, 불필요한 요소들을 제거해 나가거나 줄임으로써, 목표를 달성해 나가야만 한다. 인생에는 꼭 갖추어야 할 몇 개의 키워드들이 있다. 건강, 가족, 경제력 등 이런 것들을 성취하고 싶다면 자신만의 슬로건을 만들어보자. 슬로건이 있는 삶은 분명 차원을 달리하게 될 것이다.

24. 시간의 누수를 막아라

누구나 풍요롭게 살기를 바라지만, 정작 우리는 소모적인 일에서 벗어나지 못한다. 그것은 모든 것을 다 해야 하는 자기 욕망 때문에 생기곤 한다. 자기의 목표를 과도하게 잡음으로서 정작 해야 할 일에 집중하지 못한다. 이제는 자신에게 집중하기 위해 자기가 간여하는 조직, 모임, 단체의 효용성과 자신과의 적합성을 따져 보아야 한다. 나의 진정성과 무관한 일들에서 손을 떼는 것도 한 방법이다. 인생은 어차피 시간 아닌가? 내가 쓸 수 있는 시간을 아끼고 비축하자.

25. 벅찬 감동이 있는 그 일을 해보라

심리학자인 로버트 화이트 박사는 현대인들이 자신을 조절하고, 성장케 하고, 자신의 위치를 개선하는 데 작용하는 건설적인 힘을 희생시키고 있다고 말한다. 우리는 진정한 자아가 아닌, 겉으로 화려한 모습을 추구하려다 인생에 주어진 대부분의 에너지를 다 써버리고 만다. 남들의 눈에 잘 나가는 것으로 자신을 포장하다보니 삶은 지치고 재미없어진다. 이제는 진정한 의미의 건설적인 힘쓰기에 관심을 기울여야 할 때이다. 진정한 나의 행복을 위해 모든 힘을 쏟아 붓자. 행복해지고 싶다면, 전 인생을 걸고 내 모든 것을 투자할 만큼 가슴 벅찬 일에 뛰어들어 보자. 그것이 숨어 있던 나를 찾는 방법이 될 테니까.

26. 어떤 경우라도 긍정의 편에서 생각하라

조지 버나드 쇼는 "성공하는 사람들은 모두 자신이 원하는 환경을 찾아내는 사람들이다. 그리고 발견하지 못하면 자신이 만들면 그만이다."라고 말한다. 대단히 자신감 넘치는 얘기이자, 스스로 뛰어넘어 보지 않고는 할 수 없는 말이다. 우리는 무엇이든 잘 안 되면 세상 탓부터 한다. 그것은 우리가 얼마나 미성숙한가를 보여주는 대표적인 예에 불과하다. 우리를 성장케 하는 것은 우리에게 우호적인 환경이 아니라, 어떤 환경일지라도 그것을 뛰어 넘고자 하는 우리의 의지이다. 긍정적 환경은 따로 존재한다기보다 어떤 환경이든 자신이 긍정적으로 해석하고 받아들일 때에라야 우리에게 우호적인 환경이 되는 것이다. 어떤 경우에라도 긍정하자. 나는 내 삶의 주인일테니까.

27. 결단코 하라, 무슨 일이 있어도

의욕이 넘실대다가도 걱정과 혼란과 의혹의 안개가 번지면 소리 없이 퇴각해 버릴 때, 우리에게 결단이 필요하다. 너무 오래 고민하거나, 너무 많은 불확실한 요소들을 염두에 두다보니 시간을 질질 끌게 되고 그러다 급기야는 "에이, 지금이 아니어도……." 하고 내팽개쳐 버리게 된다. 현명하게 판단해야 하고, 신속하게 움직여야 할 때에도, 미루다가 의지를 허물어 뜨려 버린다. 결단에 이어 행동하는 능력에는 강한 자기암시와 의지가 표출되어야만 한다. 우리는 역경 자체를 없애버릴 수는 없지만, 자신의 의지로 그것을 바꾸거나 대처할 수는 있다. 어떤 결단을 하느냐가 실패와 성공을 나눈다. 나는 지금 어떤 결단을 하고 있는가.

28. 자신을 일깨우세요

"신은 구김살이 없고 풍부한 사고와 행동을 하는 사람 편을 든다."는 말이 있다. 자신의 태도가 꿈을 이룰 수 있는 원천이자, 가능성의 토대라는 뜻이다. 똑같은 삶을 사는데 누구는 내면이 알차게 영글고, 누구는 피폐해 가기만 한다. 결국 모든 것은 자신에게 달려 있다. 나의 내면에 잠든 힘은 무엇인가. 그것을 어떻게 깨울 것인가. 이 같은 생각을 늘 염두에 두고 산다면, 남다른 깊이를 얻게 될 것이다. 수심이 깊어야 배도 띄울 수 있다고 한다. 나의 내면은 배를 띄우기에 충분히 깊은가.

29. 인생에서 무엇을 남길 것인지 생각해 보라

삶은 과정의 연속이다. 일이든, 인생이든, 과정을 중시해야만 한다. 결과만 중시하다보면 나중엔 비누 조각처럼 물에 녹아 없어진 자신을 발견하게 될 것이다. 매번 결과에만 조급하면 10년이 지나서도 바뀌지 않는다. 자신이 하는 일의 의미를 찾는 사람은 일의 만족감도 높고, 결과도 좋다. 결과는 삶의 과정이 빚어낸 자연스러운 산출물이어야 한다. 과정 속에서 나를 부단히 단련시키고 훈련시키자. 정서적이고 정신적으로 강화된 자신을 만나게 될 테니까.

30. 삶을 돌아보는 기회를 가져라

돈벌이의 어려움을 알고, 세상살이의 만만찮음을 알 때면, 세상에 쉽게 얻어지는 게 없다는 것을 뼈저리게 느낀다. 눈이 오나 비가 오나 죽어라 일해야 간신히 엉겅퀴 잎 하나 얻는 식이다. 힘겨운 현실에 직면할 때마다 이를 극복하기 위해 어떤 태도를 취하는 게 좋을까? 내가 꿈꾼 삶이 현실과 얼마나 연결돼 있는지를 먼저 살펴보자. 너무 멀리, 다른 방향으로 가기 전에 삶을 돌아볼 기회를 갖게 된 것을 감사하자. 내가 원하는 방향으로 삶을 이끌 수 있는 시간은 아직 있다. 지금도 늦지 않았다. 지금 한다면 가장 빠른 시간에 시작하는 것이다.

31. 인생엔 반드시 때가 있다

아무리 좋은 기회라고 할지라도 그 순간이 지나면 쓸모없는 경우가 있다. 바로 그때가 아니고서는 필요 없는 일들이 반드시 있다. '바로 그때' 두 손을 뻗어 잡았어야 했는데 그러지 못해 느끼는 아쉬움은 크다. 지금 하지 못한 일은 언제고 하기 쉽지 않다. 그러니 늦었다 생각 말고 지금 한 걸음 앞으로 다가가 두 손을 내밀면 어떤가? 마음에만 두고 머뭇거리다 보면 훗날 너무 후회스럽지 않을까?

32. 지금 이 순간을 사랑하세요

우리는 아름다움이 시들어버린 후에나, 사랑이 이지러진 후에 그것을 못내 아쉬워한다. 아름다움이 꽃피었을 때 그것을 보지 못하고, 사랑이 주어졌을 때 두려움으로 사랑하지 못한다. 삶에서 겪게 되는 고통에 대해서도 더 큰 고통이 다가오기 전에 작은 고통들이 당연히 수반되리라는 것을 알지 못한다. 인생의 참의미란 지금 이 순간을 사랑하는 것이다. 삶을 사랑하거든 뜨겁게 끌어안자. 지금 아니면 언제 사랑하겠는가.

33. 더 늦기 전에 용기를 내라

거의 대부분의 사람들은 인생의 어느 시점에 이르러 그동안 몰랐던 일들을 어떤 특별한 계기를 통해 깨닫게 된다. 항상 꿈꾸어 왔으면서도 시도해보지 못한 일들이 너무나 많다. 삶을 돌아보고 다시 용기 내어 살아가자. 더 늦기 전에 자신이 꿈꾸어 왔던 것들을 실행에 옮겨보자. 가보고 싶었던 곳에 가보고, 오래만에 친구를 만나보자. 삶은 생각

외로 얼마든지 따뜻해질 수 있다.

34. 즐거운 일을 만들어라

바쁘다는 이유로 인생에서 추구해야 할 소중한 무엇을 놓치고 살지는 않았었나? 시간을 효율적으로 살아본 사람이라면 알 것이다. 사람들은 대체로 자신이 알고 있는 것보다 훨씬 더 많은 일을 해낼 수 있다는 것을. 즐거운 일을 얼마든지 더 만들 수 있고, 그것에 풍덩 빠져들 수 있다는 것을. 가슴에서 우러나오는 웃음을 웃은지 언제인가. 혹시 일만 하며 살아오지 않았는가? 내 삶이 얼마나 즐거운지 돌이켜보자.

35. 넘어져봐라

"한 번도 넘어지지 않고 정상까지 간 사람은 아무도 없다."

산악인 친구는 이렇게 말한다. 우리는 승진에서 미끌어지고, 실직을 하는 등 삶이 송두리째 뽑혀 나가는 경험을 하기도 한다. 그런 쓰라리고 아픈 경험은 어느 누구라도 한 번씩은 겪게 된다. 하지만, 우리는 넘어져 봤으니 아는 게 있지 않은가. 그것만으로도 대단한 재산이 된다.

36. 작은 규칙을 만들어 실행에 옮겨보라

일상을 견고하게 하게 하기 위해선 지금 무엇을 해야 할까. 작은 습관, 개선점을 찾고 이를 실천에 옮기면 된다. 결심은 작아보여도 행동은 결코 작지 않다. 행동함으로써 자신을 한 단계 도약시켜 나갈 수 있다. 자신이 정한 작은 규칙을 만들어 실행에 옮겨보는 것은 어떨까? 그렇게 한다면 인생의 가치를 찾고 앞으로 나갈 수 있다. 어떤 위대한 삶도 작은 실천에서 출발했다.

37. 작은 성공일수록 축하하라

우리 사회는 여전히 칭찬에 메마르다. 그건 우리 삶이 메말라서 그럴 것이다. 그러다 보니 진심에서 우러나오는 칭찬을 받는다는 것은 생각 외로 쉽지 않다. 남이 나를 칭찬해주지 않을 때에는 아무리 작은 성공일지라도 스스로 이룬 게 있다면 자축해주자. 우리는 얼마든지 큰 박수를 받을 만하다. 자신감을 불어 넣는 방법은 의외로 간단하다.

38. 먼저 양보하라

"위대해지기 위해서는 우선 헌신하지 않으면 안 된다."는 말이 있다. 우리는 헌신을 대단히 크고 어려운 일로 알고 있으나, 그것은 의외로 쉽다. 타인에게 친절한 말 한 마디 해주고, 어려운 이웃에 도움을 주면 된다. 지역사회에 관심을 가지고 헌신할 만한 일을 찾아보자. 삶이 정신적으로 훨씬 윤택해지는 걸 알게 될 것이다.

39. 지금 이 순간을 사랑하라

우리는 인생을 사는 내내 옆을 지켜주는 사람의 소중함을 잊고 사는지도 모른다. 살아가는 동안 사랑하고 따뜻한 감정을 나누는 법을 잊고 살기 때문이다. 지금 이 순간 세상에서 나와 함께 해주는 소중한 이들의 존재를 잊은 채 혼자 아등바등 대기만 하고 있지는 않은가? 언제든 손 잡아줄 수 있는 누군가 있으면 그것만으로도 행복한 거다.

나를 위로해주는 아내, 사랑한다고 말해주는 딸, 늘 나를 걱정해주는 부모님. 그들에게 지금 혼자 품고 있던 사랑의 말을 꺼내보자. 지금 아니면 언제 해보겠는가.